사춘기라서 그런 거
아니거든요!

사춘기라서 그런 거 아니거든요!

초판 1쇄 2020년 7월 27일
초판 3쇄 2021년 6월 4일

지은이 이명랑

책임편집 신정선
마케팅 강백산, 강지연
디자인 이정화

펴낸이 이재일
펴낸곳 토토북
주소 04034 서울시 마포구 양화로11길 18, 3층 (서교동, 원오빌딩)
전화 02-332-6255
팩스 02-332-6286
홈페이지 www.totobook.com
전자우편 totobooks@hanmail.net
출판등록 2002년 5월 30일 제10-2394호
ISBN 978-89-6496-425-5 43810

사춘기라서 그런 거 아니거든요!

이명랑 지음

팀

차례

1. 건우

중요한 건,
누가 더 강한지
보여 주는 거야!

4월 30일

이럴 수가!

이태양에 관한 소문은 빠르게 퍼져 나갔다. 내가 이태양네 반으로 달려가는 동안에도 주머니 속 휴대폰은 계속해서 진동을 해 댔다. 단톡방 진동이 쉬지 않고 울려 대는 걸 보면, 지금 이 순간에도 이태양에게 당한 애들이 새로운 사실들을 폭로하고 있는 거다.

으, 진짜! 내가 오늘 알게 된 것보다 더한 일이 있는 거냐? 응? 나도 모르게 어금니에 힘이 들어갔다. 그게 어떤 돈인데! 할아버지가 중학교 입학 선물로 학교까지 찾아와서 주신 거라고! 안 돼! 말도 안 돼! 절대 안 돼!

나는 속도를 냈다. 복도에서 뛰면 안 된다는 규칙 따위는 내 달리기 속도를 늦추지 못했다. 앞으로 달려 나갈 때마다 숨이 차올랐다가 입술 사이로 헉헉 뜨거운 숨이 뿜어져 나왔다. 컥, 숨이 막힐 때까지 달렸다.

이태양, 이 새끼! 감히 나 최건우를 뛰게 하다니! 절대로 용서 못 해! 100킬로그램에 육박하는 날 뭘로 보고! 이게 다 이태양 때문이라고 생각하니 으드득, 이가 갈렸다.

드디어 1학년 7반 교실이 보이기 시작했다. 나는 가쁜 숨을 토해 내며 교실 뒷문으로 달려 들어갔다. 아이들의 시선이 일제히 나에게 집중됐다. 쿵쿵쿵쿵. 나는 오래된 교실 바닥을 짓밟아 부수기라도 할 것처럼 요란하게 그 시선 한가운데로 들어갔다.

"이태양, 나와!"

나는 있는 힘껏 외쳤다. 그런데 웬걸? 7반 아이들은 놀라는 기색조차 없었다. 오히려 '너도냐?' 하는 눈빛으로 나를 스윽 한 번 쳐다보고는 그만이었다. 당연한 일이 벌어졌다는 식이었다. 나는 주위를 휘둘러봤다. 교실 어디에도 이태양은 보이지 않았다. 종례 끝나자마자 달려왔는데 벌써 튀어 버린 건가? 순간, '대체 왜 뛰어왔을까.' 하는 엄청난 허무감이 나를 덮쳤다. 이태양이라는 놈 때문에 심지어 달리기까지 했다는 데 생각이 미치자 분노가 솟구쳐 올랐다.

"야! 이태양, 어디 있냐고?"

나는 앞에 있는 책상을 아무렇게나 내리쳤다.

"오늘 이태양 찾는 녀석들이 왜 이렇게 많아?"

한 녀석이 중얼거리자 여기저기서 웅성거리기 시작했다.

"이태양을 왜 여기서 찾냐? 네 친구들이 아까 벌써 운동장으로 끌고 갔는데."

"웬 뒷북?"

녀석들은 저마다 한마디씩 거들고는 교실을 빠져나갔다. 나는 잽싸게 그중 하나를 잡아챘다.

"운동장으로 끌고 갔다고? 내 친구 누가?"

"캑캑."

내게 멱살을 잡혔다 풀려난 녀석이 나를 째려보았다. 다시 내가 한 걸음 바짝 다가서자 녀석이 서둘러 대답했다.

"윤현상! 다른 애들은 잘 몰라. 아무튼 몇 명이 몰려와서 같이 끌고 나갔어."

녀석은 내가 또 멱살을 잡기라도 할까 봐 겁이 나는지 뒤도 안 돌아보고 줄행랑 쳤다.

나는 서둘러 운동장을 향해 몸을 돌렸다.

"저것도 이태양한테 당했나 봐?"

"진짜 호구 아니냐?"

내 등 뒤로 킥킥거리는 비웃음 소리가 들려왔다.

"누구야!"

나는 홱 고개를 돌려 교실에 남은 녀석들을 노려봤다.

"어떤 새끼가 호구라고 했어? 엉?"

내가 소리치자 녀석들은 일제히 입을 다물었다. 어떤 녀석 입에서 '호구'라는 말이 튀어나왔는지 알아내려고 했지만, 다들 약속이나 한 듯 조용했다. 나와 눈이 마주치자마자 잽싸게 눈을 내리까는 녀석도 있었다. 마음 같아서는 나 최건우를 두고 어떤 새끼가 그 따위 말을 입에 올렸는지 반드시 응징해 주고 싶었다. 그놈의 입을 향해 주먹을 날리고 싶었다. 하지만 참았다.

왜? 그야, 윤현상을 찾는 게 먼저니까. 아니, 이태양이 먼저다. 아니, 아니, 베프인 윤현상이 먼저다. 현상을 찾아서 말려야 한다. 윤현상은 만화책을 너무너무 좋아하고 또 너무너무 많이 읽어서 그런지 가끔은 엉뚱한 방향으로 튀곤 한다. 혹시라도 걔가 애들 다 보는 앞에서 바보짓이라도 했다가는 진짜 큰일이다. 선생님들 귀에 들어가서도 안 된다. 그리고 이태양을 응징해야 한다면 내가 먼저 아냐? 우리 중 이태양한테 제일 먼저 돈을 건넨 사람은 바로 나라고, 나! 그래, 이태양은 나 최건우가 응징한다! 하지만 일단은 윤현상이 먼저다!

나는 다시 운동장을 향해 몸을 틀었다. 계단을 뛰어 내려가 곧장 운동장으로 향했다. 그러나 내 레이더망에는 아무것도 잡히지 않았다.

어디야? 대체 어디 있냐고? 응?

두 눈이 운동장 여기저기를 빠르게 뒤졌지만, 삼삼오오 떼를 지어 교문을 빠져나가는 무리밖에는 눈에 띄지 않았다. 나는 터벅터벅 교실 건물을 향해 걸음을 옮겼다. 1층 화장실 근처를 지나는데 익숙한 목소리가 들려왔다.

"이태양! 너, 진짜!"

현상의 목소리였다. 나는 서둘러 소리가 들려오는 곳으로 뛰어갔다. 주차장 안쪽, 눈에 잘 띄지 않는 곳에 낯익은 얼굴들이 몰려서 있었다.

"강화에 실패한 걸 나더러 어쩌라고?"

벽에 몰려 있는 아이들 등 너머에서 이태양이 악을 써 댔다. 그 목소리를 듣자마자 불길이 온몸을 휘감았다. 누군가 내 정수리에다 대고 뜨거운 물을 한 바가지 쏟아부은 듯했다. 나는 이글거리는 눈빛으로 아이들 몸통 사이로 언뜻언뜻 보이는 이태양을 노려보았다. 두 주먹 불끈 쥐고 이태양을 향해 전진하는데, 그 애를 둘러싼 녀석들이 갑자기 뒤로 물러섰다. 곧이어 악! 소리가 터져 나왔다. 내가 달려갔을 때는 이미 현상이 이태양에게 주먹을 날린 뒤였다.

"다시 말해 봐. 뭐? 강화에 실패했다고? 두 달 동안 단 한 번도 성공을 못 했다고? 너, 지금 장난해?"

현상은 이태양의 교복 재킷을 움켜쥔 채 악을 썼다. 재킷을 쥔 현상의 두 손이 부르르 떨렸다. 다시 현상의 오른손이 번쩍 허공으로 솟구쳤다. 당장이라도 이태양을 내려칠 기세였다. 내가 현상의 손목을 움켜잡았다.

"야, 참아! 이태양은 내가 응징한다고!"

나는 손에 잔뜩 힘을 줬다. 현상이 이태양에게서 시선을 거둬 나를 올려다봤다. 현상의 두꺼운 안경알 너머로 보이는 두 눈에서 불꽃이 튀었다. 내가 한 번도 본 적 없는 시선. 살기, 증오, 분노……아무튼 그 순간 현상의 눈빛은 소름이 돋을 만큼 낯설었다.

현상이 이런 눈으로 나를 쳐다본 적이 있었던가?

현상의 손목을 움켜쥔 손에 나도 모르게 힘이 풀려 나갔다. 순간, 현상이 엄청난 기세로 이태양을 향해 주먹을 날렸다. 뒤이어 나로서는 상상할 수도 없는, 아니 내가 아는 윤현상의 입에서 나온 거라고는 절대로 생각할 수 없는 말이 들려왔다.

"이태양! 내 돈 다 가져올 때까지 매일 점심시간마다 내가 너 때릴 거야! 내일부터 당장!"

현상은 거친 숨을 몰아쉬며 선언했다. 그와 동시에 이태양과 아이들을 휘둘러봤다. 그러고는 놀라 입을 벌린 무리를 뒤로 한 채 운동장을 향해 걷기 시작했다.

뭐, 뭐라고? 이태양을 점심시간마다 매일 때린다고?

현상의 뜻밖에 말에 나는 잠시 얼이 나갔다. 주차장 바닥에 나동그라진 이태양과 운동장으로 걸어가는 현상의 뒷모습을 번갈아 보다 세차게 고개를 내저었다.

정말 내가 아는 윤현상 맞아? 바퀴벌레도 무서워서 벌벌 떠는 윤현상이? 애들한테 맞아도 자기가 같이 때리면 아플 거 아니냐고 하던 윤현상이? 싸울 시간 있으면 만화책을 한 권 더 보는 게 낫다고 하던 윤현상? 정말 그 윤현상이 이태양을 매일 때리겠다고? 이거 진짜야?

내 눈앞에서 벌어진 일인데도 믿을 수 없었다. 서둘러 현상을 쫓아갔다.

"야, 너 왜 그래?"

나는 현상의 어깨에 손을 얹어 내 쪽으로 돌려세웠다.

"치워!"

현상은 내 손이 벌레라도 되는 듯 진저리 쳤다.

"너 지금 제정신이야? 이태양을 매일 때렸다가 걔가 선생님들한테 일러바치면 어쩔 거냐? 엉? 퇴학이라도 당할 셈이야? 이 멍청아, 생각을 해, 생각을!"

현상이 내 손을 거칠게 뿌리쳤다.

"멍청이? 생각? 무슨 생각? 멍청이라며? 멍청이가 무슨 생각을 해? 야! 그런데 내가 멍청이면 최건우 넌 뭐냐?"

현상이 제 얼굴을 내 쪽으로 바짝 들이밀었다. 강철도 뚫을 것 같은 눈빛으로 나를 노려봤다.

"너도 참견하지 마!"

현상은 소름이 돋을 만큼 낯선 표정, 낯선 목소리로 내게 경고했다. 그러고는 더 이상 볼일 없다는 듯 제 갈 길로 가 버렸다. 현상이 떠난 뒤로도 나는 움직일 수 없었다.

현상의 마지막 말이 주차장 바닥에 얼룩처럼 남아 내 발목을 붙잡았다. 네가 어떻게 나한테 이런 말을 해? 야, 윤현상! 나는 네 베프라고, 베프! 뭐, 참견하지 말라고? 그런 말은 엄마한테나 하는 거 아니냐?

현상의 그 말 위로 내 목소리가 겹쳐졌다. 그랬다. 나도 그랬다. 엄마한테 곧잘 이렇게 소리치곤 했다. "잘 알지도 못하면서 제발 참견 좀 하지 말라고요!" 그럴 때면 엄마는 "내가 이제껏 너를 어떻게 키웠는데 그딴 소리를 해? 어떻게 참견하지 말라는 소릴 할 수가 있니?"라며 화를 내곤 했다.

그러니까 뭐냐? 윤현상 너한테는 내가 우리 엄마처럼 그렇게 갑갑한 존재라는 거냐?

나는 반쯤 정신이 나간 채 운동장을 가로 질러 교문을 빠져나가는 현상의 뒷모습만 멍하니 바라봤다. 그때 뒤쪽에서 걸어온 누군가가 내 어깨를 툭 쳤다.

"미친 새끼!"

이태양은 이렇게 말하며 교문 쪽을 노려보고는 빠르게 걸어갔다.

내가 이태양을 붙잡아 세우기도 전에 뒤쪽에 있던 정민과 재영이 나를 에워쌌다. 같은 초등학교를 졸업하고 함께 명랑중학교에 온 친구들이다.

"윤현상 저 자식은 왜 건우 너한테 화풀이냐?"

정민이 책가방을 고쳐 메며 투덜거렸다.

"화풀이는 무슨. 현상이도 얼마나 답답하면 그러겠냐."

재영이 한숨을 내쉬었다.

정민의 말에 순간 마음이 상했지만, 재영의 말을 듣고 보니 현상이 마음도 이해가 됐다. 녀석도 답답하고 걱정되기는 할 거다.

"그걸 누가 모르냐? 그래도 그렇지, 왜 이렇게 일을 어렵게 만들어?"

나도 모르게 인상을 썼다.

"이러다 선생님들 귀에 들어가는 거 아니야? 그럼 진짜 큰일이잖아!"

정민이 누가 들을까 봐 겁난다는 듯이 목소리를 낮췄다.

"그러니까! 정말 답답하다, 답답해! 나한테 말이라도 하고 일을 치지. 다짜고짜 이태양한테 달려가면 어쩌라고! 날 믿고 따라만 오든가."

내 목소리가 점점 높아졌다.

"내 말이. 야, 그래도 현상이가 네 말은 듣잖아. 이따가 현상이한테 전화라도 한번 해 봐. 아무리 그래도 이태양을 매일 때리는 건 아니지."

재영의 말에 나는 고개를 끄덕였다.

"알았어. 내가 전화해 볼게."

정민과 재영은 PC방에 간다며 먼저 학교를 빠져나갔다.

나는 교실에 두고 온 책가방을 챙겨 집으로 가는 버스를 탔다. 할머니 제사라 온 친척이 모이는 날이다. 할아버지를 비롯해 큰삼촌, 작은삼촌, 막냇삼촌에 유치원에 다니는 사촌 동생들까지. 우리 집으로 우르르 몰려올 생각을 하니 벌써 짜증이 났다. 나는 욕지기처럼 치밀어 올라오는 짜증을 억누르며 현상에게 전화를 걸었다. 신호음은 가는데 받지 않았다.

"아, 진짜 왜 전화까지 안 받는 거야?"

내 목소리에 옆에 서 있던 사람들이 나를 흘겨봤다. 버스에서 이렇게 큰 소리로 혼잣말을 하다니. 나는 붉어진 얼굴을 숨기려고 황급히 뒤쪽으로 자리를 옮겼다. 버스 손잡이를 꽉 붙잡고 창밖만 노려봤다. PC방 간판들이 보였다. 자꾸만 눈에 띄는 PC방 간판 위로 이태양과 현상의 얼굴이 겹쳐졌다.

그날 우리는 모두 PC방에서 만났다. 명랑중학교 입학식이 끝나고 우리(그러니까 현상, 재영, 정민, 나)는 전철역 근처에 있는 히어로 PC방에 모였다. 다들 가족과 점심을 먹은 뒤 늦게 들어와도 좋다는 허락까지 받고 나온 터라 다른 날보다 신이 나 있었다. 오후 3시쯤부터 시작한 게임은 귀가 시간인 밤 10시 직전까지 계속됐다.

"몬스터를 때려잡으려면 무기가 좋아야지."

컴퓨터 앞에 바짝 붙어 앉아 한창 검을 휘두르고 있는데, 뒤쪽에서 누가 내게 말을 걸어왔다. 아니, 말을 걸어왔다기보다는 괜히 시비를 걸어왔다고나 할까? 나는 홱 등을 돌려 노려봤다. 낯선 녀석이었는데, 그 애 역시 명랑중학교 교복을 입고 있었다.

"빨리, 빨리, 빨리! 왼쪽으로 점프하라고!"

녀석의 급박한 외침에 나는 깜짝 놀라 다시 모니터로 몸을 돌렸다. 하마터면 보스한테 잡아먹힐 뻔했다. 나는 왼쪽으로 오른쪽으로 점프하며 검을 휘둘렀다.

"야, 야! 그 검으로 어떻게 보스를 때려잡냐?"

녀석은 이제 아예 내 등에 딱 붙어 섰다. 제 입을 내 귀에 바짝 갖다 대고 이러쿵저러쿵 계속해서 종알거렸다. 옆에서 모기 한 마리가 윙윙대는 기분이었다. 결국, 나는 참지 못하고 게임용 헤드셋을 벗어 던졌다.

"어휴, 진짜! 야, 너 누구야? 그렇게 잘하면 네가 하든가!"

나는 자리를 박차고 일어섰다. 그랬더니 웬걸?

"나도 명랑중학교야."

낯선 녀석은 싱글싱글 웃으며 악수를 청해 왔다. 뭐 이런 녀석이 다 있지? 나는 기분 나쁜 티를 팍팍 내며 녀석을 쳐다봤다. 물론 녀석이 내민 손도 잡지 않았다. '이태양'이라고 자기 이름까지 밝힌 녀석은 아랑곳하지 않고 내 옆자리로 가서 앉았다. 그러니까 녀석은 내 옆에서 게임을 하고 있었던 거다. 그것도 나랑 똑같은 게임을.

"내 무기 한번 봐 봐. 야, 빨리!"

녀석은 내 팔을 잡아끌었다. 못마땅한 시선으로 녀석의 컴퓨터 화면을 들여다봤다. 화면 가득 무기 창고가 펼쳐져 있었다.

"우아!"

내 입에서 감탄사가 터져 나왔다. 나는 게임 중이라는 사실도 잊어버린 채 녀석 등 뒤에 바짝 붙어 섰다. 녀석의 무기 창고엔 희귀 아이템들이 가득했다. 아니, 그것들은 희귀 아이템이라기보다는 '기적'에 가까운 것들이었다. 수많은 지옥 파티를 거쳐야 하는 데다 나올 확률도 거의 없어 모으는 것 자체가 불가능에 가까운 무기들이었다.

이 녀석 대체 정체가 뭐지?

나는 내 앞에 펼쳐진 '기적'에 꿀꺽 침을 삼켰다.

"죽인다!"

어느새 내 옆에 와서 서 있던 현상, 정민, 재영이까지 두 눈을 휘둥그레 뜨고 탄성을 내질렀다. 모두 똑같은 얼굴로 입을 헤벌쭉 벌리고 말이다.

"으으으, 진짜 미쳤지, 미쳤어!"

나는 세차게 고개를 내저었다. 시간을 되돌릴 수만 있다면 그 날, 입학식 날로 돌아가 이태양 뒤에 서 있던 나를 지워 버리고 싶 다. 두꺼운 안경알 너머로 별처럼 두 눈을 반짝이던 현상에게 파 이팅을 외쳤던 내 자신을 지워 버리고 싶다. 그러나 내가 아무리 세차게 고개를 내저어도 내 눈앞에서 빠른 속도로 뒤로 밀려나 버 리는 건 그날의 기억이 아니라 버스 창밖으로 스쳐 지나가는 PC 방 간판뿐이었다.

나는 버스 손잡이를 움켜쥔 손에 힘을 주었다. 그렇게라도 하 지 않으면 내 한숨에 내가 픽 쓰러져 버릴 것만 같았다.

그날 PC방에서 이태양을 만나지 않았더라면 달라졌을까?

그날 PC방에서 이태양의 무기 창고를 보지 않았더라면 지금 이런 일은 벌어지지 않았을까?

나는 한숨을 내쉬며 이제는 절대로 돌이킬 수 없는 그날을 자꾸 떠올렸다. 그날 이태양은 확실히 최고였다. 더 엄밀히 말하면 이 태양의 무기는 최강이었다. 그 무기들은 엄마 눈을 피해 가며 게임을 하는 우리에겐 감히 상상도 해 볼 수 없는 '기적'이고 '전설'이었다. 이태양은 우리 코앞에서 '기적'과 '전설'을 아무렇게나 휘둘러 댔다. 그것들이 허공을 가를 때마다 이태양의 손끝에서 수많은 몬스터들이 맥없이 나가떨어졌다.

"우아!"

"죽인다!"

"끝내주는데?"

우리는 이태양 등 뒤에 딱 붙어 서서 계속 감탄사를 쏟아 냈다. 수많은 몬스터들이 쓰러져 바닥에 나뒹굴 때마다 이태양이 달라 보였다.

이 녀석이 이렇게 멋졌단 말인가?

나도 이태양처럼 되고 싶다!

나는 이태양의 어깨를 꽉 붙잡았다.

"뭐야?"

"얼마면 되냐?"

이태양이 게임을 하다 말고 뒤돌아봤을 때 주머니에서 돈 봉투를 꺼내 든 사람은 바로 나였다. 할아버지에게 입학 선물로 받은 돈이었다. 이태양은 그걸 보자 꿀꺽 침을 삼켰다. 현상과 정민, 재영까지도 진짜냐는 표정으로 내 얼굴을 쳐다봤다.

"무기 강화하려면 어쨌든 게임을 계속하고 있어야 하잖아."

내 말에 둘은 고개를 끄덕였다. 다들 나랑 똑같은 사정이니까. 다들 일주일에 한두 번, 그것도 주말에만 간신히 게임을 할 수 있으니까. 얻는 것 자체가 거의 불가능에 가까운 희귀 아이템은 현질할 수도 없다.

이태양은 이렇다 저렇다 대답이 없었다. 그저 놀란 표정으로 나를 쳐다볼 뿐이었다. 나는 봉투에서 돈을 전부 꺼냈다. 빳빳한 만 원짜리 백 장. 백만 원이 튀어나오자 이태양은 꿀꺽 침을 삼켰다. 곧이어 이태양의 두 눈은 어두운 방 안에 형광등이 켜지듯 반짝거렸다.

그렇게 시작된 일이었다.

"갖고 있는 무기를 팔면 나도 게임을 못하니까 대신 무기를 강화시켜 줄게."

무기 강화에 성공하면 강력한 무기를 갖게 되는 데다 무기 가격까지 오른다.

"진짜야?"

내 뒤에 서 있던 현상이 나를 밀치고 앞으로 튀어나왔다.

"나도 모아 둔 세뱃돈이 좀 있어!"

현상의 말에 이태양은 얼른 고개를 끄덕였다.

"그런데…… 엄마 몰래 함부로 쓰긴 좀……."

현상이 우물쭈물하며 말을 얼버무렸다.

"야! 세뱃돈이 어디로 도망 가냐? 뭔 상관이야? 오늘 당장 돈을 줘야 하는 것도 아니고. 학교도 같은데 나중에 언제든 줄 수 있잖아."

나는 현상을 향해 오른손을 번쩍 들었다.

현상도 오른손을 번쩍 들었다.

"파이팅!"

우리는 손뼉을 마주치며 함께 외쳤다.

그날 정민과 재영은 나와 현상을 얼마나 부러워했는지 모른다.

"건우 넌 입학 선물로 백만 원이나 주는 할아버지가 있어서 좋겠다."

"현상이는 모아 둔 세뱃돈이라도 있잖아."

둘은 그 뒤로 게임에 집중하지 못했다. 그러거나 말거나 우리는 앞으로 갖게 될 무기들, 한 번 휘두르면 그 어떤 레벨의 그 어떤 몬스터도 단박에 나가떨어지게 할 '기적'과 '전설'을 상상하며 휘파람을 불었다.

나는 그날 바로 이태양한테 돈을 건넸고, 현상은 그 뒤로 얼마 지나지 않아 이태양을 따로 만나 돈을 줬다. 그러나 한 달이 훨씬 넘었는데도 무기 강화는 이루어지지 않았다. 이태양 말로는 일단 무기를 얻어야 강화를 하는데, 무기를 얻는 것 자체가 고난이도 스킬이 필요하다는 것이었다. 그러고는 늘 똑같은 말을 되풀이했다.

"시간이 필요하다."

우리는 그 말을 믿고 기다렸다. 기다리고 또 기다렸다. 우리가 갖게 될 무기, 최강의 무기, '기적'과 '전설'이 될 우리의 무기. 우리 상상 속에서 무기는 더더욱 '전설'이 되어 갔다. 현상은 태양이 돈이 더 필요하다고 할 때마다 계속해서 돈을 가져다줬다. 그러고 나서 또 기다렸다. 우리는 얼마든지 기다릴 수 있었다. '전설'의 무기를 갖게 되는데 이깟 기다림쯤이야 무슨 문제인가?

그렇게 우리는 기다렸다. 장장 한 달이 넘도록!

그런데, 그런데, 그게 다 거짓말이었다니!

이태양 말이 다 새빨간 거짓말이었다니!

이태양 이 새끼, 무기 강화를 시도해 본 적조차 없다니!

그 돈이 어떤 돈인데!

입학식 날 교실까지 들어와 내게 돈 봉투를 건네준 할아버지, 그 할아버지 얼굴을 오늘 봐야 한다! 대체 무슨 낯으로 할아버지 얼굴을 보냐고! 버스 손잡이를 움켜쥔 손에서 스르르 힘이 빠져나갔다. 순간, 휘청거리며 버스 창문에 부딪힐 뻔했다.

정신 차리자, 정신!

나는 손잡이를 꼭 붙들었다. 다시 현상에게 전화를 걸었다. 언덕에서 전철역을 지나 분식집이 즐비한 시장 입구까지, 버스 밖 풍경이 여러 번 바뀔 때까지도 현상은 전화를 받지 않았다.

"너도 참견하지 마!"

길게 이어지는 신호음 사이로 현상의 날 선 외침이 비집고 들어왔다. "윤현상 저 자식은 왜 건우 너한테 화풀이냐?"는 정민의 비꼬는 말도 귓속을 헤집고 들어왔다. 현상이도 답답하니까 그런 걸 거라고 스스로를 이해시켰지만, 버스가 나를 집 앞 버스 정류장에 내려놓고 떠날 즈음에는 어쩐지 가슴 저 안쪽에서부터 부아가 치밀어 올랐다. 나를 호구로 만들고 윤현상을 멍청이로 만들어 버린 이태양이 아니라 내 베프인 윤현상에게.

윤현상 너, 진짜 나한테 참견하지 말라고 했다?

한동네에 살면서 초등학교 때부터 베프인 현상이 내게 그딴 식으로 말하다니! 처음엔 현상의 낯선 행동에 당황했다. 전화를 받지 않는 것도 속상해서 그런 걸 거야, 애써 받아들이려고 했다. 그러나 아파트 정문에 들어섰을 때 시야를 꽉 채운 놀이터를 보자마자 윤현상을 용서할 수 없다는 생각에 사로잡혔다.

나는 멈춰 서서 아이들이 뛰노는 놀이터를 바라봤다. 우리보다 덩치 큰 형들이 새치기로 그네를 빼앗았을 때도 내가 현상이 대신 싸워 줬다. 저쪽 정글짐에서도, 미끄럼틀에서도 내가 늘 현상이 대신 앞에 나서서 싸웠다. 현상은 몸이 약하니까. 또래보다 머리 하나는 작으니까. 동네에서도 학교에서도 현상은 늘 당하기만 했다.

누가 책벌레 아니랄까 봐 늘 책을 읽고 다니다 여기저기 부딪치기 일쑤였고, 누가 싸움을 걸어오거나 장난감을 빼앗아도 대거리 한 번 못했다. 누가 봐도 만만해 보이는 아이. 그 아이가 윤현상이었고, 나 최건우는 윤현상의 보호자였다. 그래서였을까? 현상은 내 말이라면 무조건 따랐다. 그 앤 늘 내 편이었다. 좋아하는 만화책에 관한 것만 빼고는 뭐든지 내가 하자는 대로 다 했다. 운동도, 음악도 게임도 무조건 내가 하자는 대로 해 주었다. 심지어 핸드폰 벨소리까지 내가 권하는 노래로 설정해 놓았다. 왜? 그야 내가 그렇게 하자고 했으니까. 왜? 우리는 베프고 그래서 내가 늘 현상이를 보호해 줬으니까. 내가 보호해 주지 않았으면 윤현상은 지금도 어딜 가나 당하고 살았을걸? 와, 이거 진짜 배신이야, 뭐야?

나는 있는 힘껏 놀이터 바닥을 걷어찼다. 흙먼지가 뿌옇게 일어났다 가라앉을 때까지도 화는 조금도 누그러들지 않았다. 나는 거친 숨을 몰아쉬며 집으로 향했다.

나는 제삿날이 싫다. 그냥 싫은 정도가 아니라 정말, 정말, 완전, 진짜 싫다. 그리고 오늘은 정말 최악이다.

"건우, 너도 이제 중학생이다. 공부, 열심히 하고 있지?"

큰삼촌은 현관문을 열고 들어오자마자 공부 얘기부터 꺼냈다. 그러고는 제사상이 차려질 때까지 담임 선생님은 어느 대학을 나왔느냐, 반에 껄렁한 애는 없느냐, 상위권 애들은 어느 학원에 다니는 줄 아느냐, 이러쿵저러쿵 질문을 쏟아 냈다.

"너, 삼촌이 물어보는데 왜 대답 안 해?"

큰삼촌이 눈썹을 치켜올리며 말했다.

나는 다물고 있던 입술에 힘을 더 꾹 줬다. 대체 무슨 대답을 듣고 싶으신 거야? 무슨 말을 해도 어차피 결론은 '공부 열심히 해라!'일 게 뻔하잖아?

"어휴, 삼촌도 정말……. 등교 첫날에 제가 이것저것 얼마나 많이 물어봤는지 아세요? 근데 건우한테 백날 물어봐야 소용없어요."

제사상에 탕국을 내려놓으며 엄마가 혀를 끌끌 찼다.

"왜요?"

큰삼촌 말에 엄마는 그런 것도 모르냐는 표정으로 뒷말을 이어 갔다.

"왜긴요, 제가 그날 저녁 내내 건우 붙들고 얘기해서 알아낸 건, 담임 선생님이 여자라는 사실 하나뿐이었다고요. 말 다했죠?"

엄마 목소리에 어찌나 힘이 들어갔는지, 모르는 사람이 봤으면 엄마가 무슨 엄청난 일이라도 해낸 줄 알았을 거다. 엄마 말이 끝나기가 무섭게 친척들 입에서 '사춘기'라는 말이 튀어나왔다.

"건우 저 녀석도 사춘기가 시작된 거라니까."

"사춘기 애들이 얼마나 버릇없고, 얼마나 생각이 없냐고요."

"애들이 정말 왜 그런지 모르겠다니까."

"나쁜 친구 만나지 말고. 공부를 해야지, 공부를."

"뼈가 되고 살이 되는 말을 할라치면, 알아서 할 테니까 간섭하지 말라는 대꾸나 하고 말이야."

그러면서 자꾸 '사춘기'를 들먹거렸다. 대체 어른들은 왜 그러는 걸까? 왜 우리가 뭐만 했다 하면 '사춘기'라서 그렇다고 말하는 거야? 우리는 어른들이 듣기 싫은 말을 하니까, 듣기 싫은 것뿐이다. 학교에서 돌아왔을 때도, 밥 먹다 얼굴 마주쳤을 때도, 어른들은 듣기 싫은 말만 해 댄다.

"옆집 누구는 학원 안 보내도 수학을 그렇게 잘하는데 너는 왜 그러냐?"

"왜 이것밖에 못해? 커서 뭐가 되려고 그러는 거야?"

"그렇게 먹기만 하더니 살찐 것 좀 봐."

이런 말만 하는데 어떻게 가만히 듣고 있으라는 거야? 오늘만 해도 그렇다. 나를 보자마자 이런 말을 해 줬다면, 나도 신나고 기분 좋았을 거다.

"우리 건우 왔니? 자, 여기 용돈."

"건우 오늘 정말 많이 힘들었지?"

"중학생이 되더니 우리 건우가 아주 의젓해졌구나."

"건우 넌 충분히 멋져. 오늘 맛있는 거 많이 먹자."

이런 말은, 이런 말은 대체 왜 안 해 주는 거냐고! 중2병이란 말도 그래. 왜 멀쩡한 우리를 환자로 만들어? 쳇. 내년엔 사춘기 대신 중2병이라고 하겠네. 으으으, 짜증 나!

머릿속으로 이런 생각을 하는 중에도 어른들은 계속해서 '사춘기'를 반복했다. 급기야 큰삼촌 입에서 "사춘기가 무슨 벼슬이냐?"라는 말까지 나오고 나서 제사가 시작됐다.

후유~.

어른들이 모두 제사상 앞으로 돌아서고 그제야 나는 제대로 숨을 내쉴 수 있었다.

제발 나한테 관심 좀 갖지 말아요! 제사 지내는 동안 간절히 바라고 또 바랐다. 그러나 나의 이 작은 꿈은 제사가 끝나자마자 무참히 짓밟히고 말았다. 거실에 차려 놓은 상 앞에 친척들이 둘러앉자 돌아가신 할머니 얘기가 시작됐다. 할머니 얘기에서 나를 빼놓을 수는 없다.

이런저런 말들이 오가다 큰삼촌 입에서 내 이름이 먼저 튀어나왔다.

"생전에 우리 어머니가 형수님 대신 건우 키우느라고 정말 고생 많으셨는데……."

큰삼촌 말이 끝나기도 전에 막냇삼촌이 거들었다.

"건우가 어렸을 때 오죽 많이 먹었어? 하여간 엄마한테 오면 건우 먹는 거 챙기느라고 주방에서 떠나질 못하시더라고."

큰삼촌과 막냇삼촌이 주거니 받거니 내 얘기를 꺼내자 엄마가 탁 소리 나게 식혜를 상 위에 올려놨다.

"우리 건우가 옛날에 진짜 많이 먹긴 했죠. 유치원 다닐 때던가? 어느 날은 집에 와서 급식으로 나온 짜장밥을 여덟 번이나 먹었다고 자랑을 했다지 뭐예요. 일 끝나고 돌아왔더니 어머니가 저를 붙잡고는 그 얘길 하면서 얼마나 좋아하시던지. 남자는 뱃구레가 커야 잘 산다면서 말이에요. 삼촌들이 잘 몰라서 그러는데 어머니는 우리 건우 먹는 것만 봐도 배부르다고 하셨어요. 어머니가 건우 먹을거리 챙기신 건 '고생'이 아니라 '낙'이었다고요."

대체 엄마는 무슨 생각으로 저런 말을 해 대는 걸까? 친척들만 모였다 하면 예전에 우리 건우가 이랬다저랬다 내 얘기를 들먹거리면서 엄마한테 날아오는 화살을 내게 돌리곤 한다. 엄마는 자기 대신 할머니가 나를 키우느라 고생했다는 말을 듣는 게 싫은 거다. 내 생각은 조금도 하지 않는다. 그러니까 매번 저런 얘기를 할 수 있는 거다.

엄마는 왜 그 얘길 또 꺼내는 거야? 그럴 때 내 기분은 어떨 것 같아?

엄마나 어른들한테는 그저 웃어넘길 일이겠지만 나한테는 이런 얘기가 다 상처라고, 상처!

"나 안 먹어!"

나는 쾅 소리가 나게 젓가락을 내려놨다.

"건우 너, 대체 뭐 하는 짓이야?"

엄마가 인상을 썼다.

"제발 내 얘기 좀 꺼내지 마! 칭찬이든 욕이든, 내 앞에서든 뒤에서든 내 얘기는 하지도 말라고! 내 일은 내가 알아서 한다고요!"

나는 벌떡 일어나 방으로 들어와 버렸다.

"사춘기엔 다 저렇지 않니? 그냥 놔둬라."

등 뒤에서 할아버지가 엄마를 말리는 소리가 들려왔다. 그러자 엄마 옆에 앉아 있던 아빠가 갑자기 큰소리를 냈다.

"아버지가 건우 녀석을 싸고 도니까 애가 더 버릇이 없어지잖아요."

그러자 큰삼촌이 쯧쯧 혀를 찼다.

"아니, 형은 왜 아버지 탓을 해? 건우 버릇 나쁜 게 아버지 탓이야? 저 녀석이 못된 거지."

더 이상 엄마 목소리는 들리지 않았다. 문틈 사이를 비집고 들어온 누군가의 쯧쯧 혀 차는 소리만 내 귀를 후벼 팠다.

친척들이 나를 못마땅해하는데 엄마는 왜 한마디도 안 하는 거야?

이런 순간에는 내 편을 들어줘야 하는 거 아니야? 아들의 조그만 허물조차 감싸 주지 못하면서, 왜 나만 엄마 말을 들어야 하는데?

나는 아예 방문을 잠가 버렸다. 그러고는 침대에 벌렁 드러누웠다. 이어폰을 꽂고 휴대폰의 음악 폴더를 클릭했다. 플레이 버튼을 누르자마자 내가 좋아하는 래퍼 하온의 노랫소리가 거실에서 들려오는 소리를 지워 버렸다.

나 나 삐끗하고 떨어지던 와중 펴
펴 버린 날개를 타고
치 치워 버린 것들의 위로 비
비행 아닌 비행을 하며

그렇게 얼마의 시간이 흘렀을까. 그대로 깜빡 잠이 들어 버렸다. 계속해서 울려 대는 휴대폰 벨소리에 눈을 떴을 때는 아주 늦은 밤이었다. 친척들은 다들 돌아갔는지 집 안이 조용했다. 정적을 가르며 울려 퍼지는 벨소리가 터무니없이 크게 들려와, 나는 화들짝 놀라서 일어나 앉았다. 현상이였다.

"건우야! 너, 내일 점심시간에 나랑 같이 갈 거지?"

현상은 대뜸 제 할 말부터 했다.

"뭐? 너 정말 이태양 때리게? 미쳤어?"

내 입에서 튀어나온 목소리는 내가 듣기에도 험악했다. 어쩔 수 없었다. 하루 종일 전화도 받지 않다가 이제 와서 겨우 한다는 소리가 이태양 때릴 때 같이 가자고? 아까 애들 앞에서는 참견하지 말라더니 왜? 큰소리치긴 했지만 막상 혼자 일을 저지르려니까 무서운 거냐? 완전 무시할 때는 언제고 필요하니까 날 찾아? 뭐야? 윤현상, 너 이런 녀석이었냐? 주차장에서 있었던 일까지 떠올라 숨이 거칠어졌다.

"미쳤냐고? 그래, 나 미쳤다, 미쳤어! 이태양 그 새끼, 내가 정말 가만 안 둘 거야. 그동안 세뱃돈만 갖다준 줄 아냐? 내 '나루토' 전집도 다 날아갈 판이라고! 너도 이태양한테 당했잖아. 넌 화도 안 나? 내일 너도 무조건 나랑 같이 가!"

휴대폰 너머에서 현상이 고함을 질러 댔다. 옆에서 아이들이 싸우든 말든 만화책만 볼 정도로 무신경한 녀석이 흥분을 하고 있었다.

"수업 끝날 때까지 어제 빌려 온 만화책 다 읽어야 오늘도 '책마을' 만화방에 갈 수 있어. 하루 한 번 책마을에 가서 아저씨랑 만화책 얘기를 하는 순간이 나한텐 최고거든. 그 순간을 위해서라면 나는 교실에서 무슨 일이 벌어져도 상관없어."

이렇게 말하며 아랑곳하지 않고 만화책만 읽어 대던 녀석이었는데.

"야! 너만 화나? 나도 지금 장난 아니야."

녀석이 흥분하는 만큼 내 목소리도 덩달아 높아져만 갔다.

"그런다고 이태양을 때려? 그래서? 그다음엔? 네 말대로 점심 시간마다 매일 걔를 때리면 어떻게 되는데? 그 녀석이 그런다고 돈을 다시 갖고 오겠냐? 잘못한 건 이태양인데, 괜히 때렸다가 너만 혼난다고. 학폭이네 뭐네 하면서 너만 억울한 일 생기고, 학교도 못 다니면? 엉? 제정신이냐! 너 대체 생각이 있는 거야?"

"생각? 생각은 너나 많이 해. 난 상관없어. 나 진짜 이태양 용서 못 해. 아무튼 내일 건우 너도 무조건 나랑 같이 가! 난 네가 하자는 건 묻지도 따지지도 않고 무조건 다 같이해 줬잖아! 그건 네가 잘 알잖아? 어렸을 때부터 내가 언제 한 번이라도 건우 네가 하자는 대로 안 따라 줬던 적 있어? 내 핸드폰 벨소리까지 건우 네가 권하는 노래로 설정해 놨다고! 넌 내 베프니까! 다른 애들 말은 안 들어도 건우 네 말은 무조건 들어줬던 거라고! 그러니까 나랑 같이 갈 거야 말 거야? 그것만 말해."

현상은 내 말을 들으려고도 하지 않았다. 그러기는커녕 오히려 내게 명령하고 있었다.

뭐? 베프라서 내 말은 무조건 들어줬던 거라고?

그러니까 윤현상 넌 내 말을 들은 게 아니라 그냥 들어줬던 거였어?

그럼 지금까지 윤현상 네가 날 봐준 거냐?

세상 사람들 모두 다 만만하게 보는 너를 지금까지 보호해 준

게 누군데?

네가 나한테 명령을 해?

나는 휴대폰을 쥔 손에 잔뜩 힘을 줬다.

"난 안 가! 윤현상, 너도 가지 마. 내일 이태양 때렸다가는 절교야!"

나는 온몸의 힘을 비틀어 짜듯 말하고는 휴대폰을 침대에 집어 던졌다.

아! 왜 이렇게 말이 안 통하는 거야, 윤현상! 오늘 진짜 말 안 통하는 어른들 때문에 미치겠는데, 너까지 왜 이러는 거냐고! 뭐? 이태양을 용서 못 한다고! 너만 그러냐? 나도 그래, 나도! 나는 뭐 가만있을 것 같아? 네가 나서긴 어딜 나서, 이 바보 멍청아! 내가 먼저 이태양이랑 담판 지을 거라고!

"그래, 중요한 건 누가 더 강한지 보여 주는 거라고!"

나는 침대에 던져 둔 휴대폰을 다시 움켜쥐었다.

2. 건우 엄마

우리 아들은
아예 내 말은 들으려고도
하지 않아요!

현상 엄마? 네, 저 건우 엄마예요. 잘 지내죠? 저야 뭐 맨날 바쁘죠. 지난번 모임에는 꼭 가려고 했는데 사무실을 이전하는 바람에 못 갔지 뭐예요. 정말 미안해요. 일부러 저도 빼놓지 않고 연락해 준 건데, 참석도 못하고……. 바쁘면 그럴 수도 있다고요? 현상 엄마가 그렇게 이해해 주니까 다행이네요. 직장 일이라는 게 시간 갈수록 편해지는 게 아니라 어떻게 더 힘들어지네요. 건우가 크니까 해야 할 일도 많고. 애들 아빠라도 좀 도와주면 좋은데, 어떻게 집에만 들어오면 힘들다는 말뿐이에요. 일요일 하루쯤은 애랑 운동이라도 같이하면 좋을 텐데, 소파에 누워서 텔레비전만 보려고 해요. 오늘은 어머님 기일이라 퇴근하고 제사 준비까지 했다니까요. 힘들어서 어떡하냐고요? 어휴, 아니에요. 괜찮아요.

그런데 요즘 현상이는 어때요? 집에서 엄마랑 말은 좀 해요? 정말? 현상이는 중학생이 돼도 엄마랑 얘길 하는구나. 좋겠다. 뭐 현상이야 어렸을 때부터 엄마랑 아주 찰떡 파이처럼 붙어 다녔으니까. 우리 건우요? 말도 말아요. 건우는 중학교 올라간 뒤로는 저하고는 말도 안 한다니까요. 내 말은 아예 들으려고도 하지 않아요. 학교생활은 어떻게 하고 있는지, 담임 선생님이랑 새 친구들은 어떤지, 궁금한 게 좀 많아요? 현상 엄마도 그렇잖아요. 근데 말이라도 걸어 보려고 하면 밥 먹다가도 자기 방으로 들어가 버린다니까요. 세상에, 오늘은 친척들까지 다 와 있는데도 그러는 거 있죠? 아버님 앞에서 방문을 쾅 닫고 들어가는데 쫓아가서 왜 그러냐고 물어볼 수도 없고……. 진짜 속상하겠다고요? 말해 뭐해요. 도대체 어디서부터 잘못된 건지 별의별 생각이 다 들어요. 제가 너무 바빠서 시댁에 맡겨 키워서 그런가 싶기도 하고요.

아, 건우 할아버지가 요새도 건우한테 용돈 많이 주냐고요? 현상 엄마가 그걸 어떻게 알아요? 중학교 입학식 때? 아! 맞다, 그날 다들 놀랐을 만도 해요. 저도 입이 안 다물어졌다니까요. 저희 아버님이 교실까지 들어가서 그러실 줄은 정말 상상도 못 했거든요.

입학식 끝나고 복도에서 교실 너머로 아이들을 지켜보고 있었잖아요. 건우를 보니 뭉클하더라고요. 교복 입은 모습이 어찌나 의젓한지, 우리 건우가 벌써 중학생이 되었구나. 가슴 한쪽이 뻐근해져 왔어요. 아이들은 중학생 첫날의 낯선 분위기에 고스란히 몸을 내맡기고 있었죠. 그때 묘한 긴장감을 한순간에 깨부수며 누군가 교실 한복판으로 걸어 들어왔잖아요. 현상 엄마도 저 어르신이 누군가 했다고요? 아버님이 복도가 쩌렁쩌렁 울릴 정도로 큰 소리로 건우 이름을 불렀으니 다들 알았겠죠. 저는 어찌나 놀라고, 창피하던지 교실 창문에서 멀찍이 물러났다니까요. 네? 건우 할아버지가 너무 멋있었다고요? 아버님이 손자를 아끼는 마음이야 저도 너무 잘 알죠. 그래도 그날은 좀 심한 거 아닌가 싶어요. 그렇잖아요. 아무리 그래도 그렇지, 교실까지 들어가서 중학생 손자한테 돈 봉투를 쥐어 주다니요! 그러면서 이렇게 말씀하셨죠. "건우야, 입학 축하한다. 우리 손자 중학생 된 기념으로 할아버지가 이 봉투에 백만 원 넣었으니까 귀한 곳에 써라!" 아버님 입에서 '백만 원'이라는 말이 튀어나오자마자 교실에 함성이 울려 퍼졌잖아요. 교실이 한순간에 아수라장이 됐죠. 아버님은 아이들한테 둘러싸인 건우를 보면서 아주 흡족해 하시더라고요. 네? 저희 아버님이 개선장군 같았다고요? 농담이죠?

뭐, 아버님이 당당하게 교실을 빠져나가자마자 담임 선생님이 들어와서 아이들한테 언성을 높였잖아요. 기억나죠? 저는 아이들이 선생님한테 혼나는 게 저희 아버님 때문인 것만 같아서 고개를 들 수 없었어요. 혹시라도 애들이 건우 할아버지 얘길 할까 봐 얼마나 마음을 졸였는지 몰라요.

현상이가 아직도 그때 일을 얘기해요? 세상에! 얼마나 부러워했는 지 모른다고요? 건우는 정말 좋겠다고요? 에이, 현상 엄마까지 왜 그래요? 지금 나 놀리는 거죠?

그 일을 몇 번이나 다시 생각해 봐도 건우한테 좋은 건지, 아닌지 잘 모르겠어요. 아버님은 그걸 아주 자랑스러워하세요. 그렇게 생각하지 않는 사람도 있을 수 있다고 했더니, '내 손자한테 내가 용돈 주는데 누가 뭐라고 하느냐'며 오히려 역정을 내시더라고요.

그런데 건우는 그 큰돈을 어떻게 했냐고요? 제가 건우한테 말했죠. 아직 어리니까 엄마한테 맡기라고요. 근데 제 말은 하나도 안 듣더라 고요. 할아버지가 준 돈인데 왜 엄마가 참견이냐고, 오히려 저한테 대 들더라니까요. 그 돈으로 건우가 뭘 했는지 모르니까, 이렇게 답답하 죠. 건우가 말을 안 해 주는데 제가 어찌 알아요. 현상 엄마는 현상이 가 아직도 초등학생 때처럼 이런저런 얘기 다 해 주니까 그렇죠. 입 꽉 다물고 아무 말도 안 하면 애한테 어떤 일이 있는지 무슨 수로 알겠어 요? 내 배로 낳은 자식이지만 부모라고 뭐 어떻게 할 수가 있나요.

그러나저러나 아버님 때문에 제가 더 힘들지 않겠느냐고요? 아버님 은 그나마 좀 나은 편이에요. 어머님이 건우를 키우셔서 어머님은 늘 건우 편만 드셨거든요. 제가 건우한테 뭐라고 하는 말을 그냥 지나치지 못하셨어요. 밥 먹을 때 채소를 더 먹으라고 하면 '한창 클 나이에 고기 좀 많이 먹는다고 큰일 나는 거 아니다, 어미 너는 왜 잘 먹고 있는 애한테 싫은 소리를 하느냐'고 저한테만 뭐라 하셨죠. 애 앞에서 어머님한테 말대꾸하기도 뭣해서 저는 그냥 입을 닫아 버렸고요.

건우 낳고 백일 지나자마자 제가 다시 직장생활을 시작했어요. 출근할 때 어머님께 맡기고 퇴근할 때 애를 찾아왔죠. 근데 건우는 초등학교에 들어가서도 학교 끝나면 집으로 안 오고 곧장 할아버지 집으로 갔다니까요. 거기가 집보다 더 좋으니까요. 집에서는 '공부해라, 씻어라, 방 청소해라.' 이렇게 잔소리만 해 대는데 할아버지네 가면 자기 세상이잖아요. 거기만 가면 건우가 왕이에요, 왕!

소황제? 맞아요. 현상 엄마도 알죠? 우리 건우가 영악한 애는 아니에요. 저절로 알게 된 거예요. 어떻게 하면 자기가 원하는 걸 가질 수 있는지, 어떻게 하면 자기가 하고 싶은 대로 할 수 있는지. 제가 건우 같은 환경에서 자랐더라도 그랬을 것 같아요. 엄마보다 아빠가 서열이 높고, 아빠보다 할머니 서열이 높은데 그런 할머니가 자기한테는 꼼짝 못하잖아요. 그러니까 우리 집에서는 건우가 가장 서열이 높은 거예요. 누가 가르쳐 주지는 않았지만 건우 무의식에서는 그렇게 생각하게 된 거죠.

하지만 더 이상 이대로는 안 될 거 같아요. 사춘기를 잘못 보낼 수도 있고…… 요즘 걱정되는 일도 있고요. 네? 무슨 일이냐고요? 이 얘기를 현상 엄마한테 해야 하나 말아야 하나, 정말 고민 많았어요. 현상 엄마, 혹시 현상이한테 뭐 들은 얘기 없어요? 어휴, 실은 이 일 때문에 전화를 한 건데, 막상 말을 꺼내려니 자신이 없네요. 괜한 일을 하는 건 아닌가, 더 큰일을 만드는 건 아닌가 해서요. 현상 엄마한테 이런 얘길 한 걸 우리 건우가 알게 되면 어쩌나 그것도 걱정이고. 현상 엄마는 안 그래요? 전 건우가 중학생이 된 뒤로는 애가 무섭다니까요. 말 한마디 잘못했다가 건우랑 사이가 더 멀어지는 건 아닌지. 아들 가진 엄마들은 다 그런 건지 저만 그런 건지…….

정말이죠? 건우한테는 절대로 말하지 않을 거죠? 그래요, 현상 엄마. 절대로 말하면 안 돼요. 현상이가 누구예요? 우리 건우한테 제일 소중한 단짝이잖아요. 현상이한테 무슨 일이 생기면 내 아들한테 생긴 거나 마찬가지죠. 진짜 그런 마음으로 얘기하는 거니까 오해하지 말고 들어요.

현상 엄마! 혹시 이태양이라는 애 알아요? 우리 애들하고 같은 학교라는데. 잘 몰라요? 아무튼 현상이가 내일부터 매일 점심시간마다

태양이를 때리겠다고 했대요! 아까 통화하는 걸 우연히 들었는데 건

우가 현상이한테 소리를 막 지르더라고요. 현상이 네가 때린다고 그

녀석이 돈을 갖고 오겠냐면서…….

3. 현상

~~~~~~

나중에 언제?

4월 30일

"야, 참아! 이태양은 내가 응징한다고!"

건우가 내 손목을 움켜잡았다. 나보다 훨씬 힘이 센 건우, 내 일이라면 나보다도 먼저 발 벗고 나서는 건우, 내 베프인 건우가. 나는 옴짝달싹할 수 없었다. 대신 화가 치밀어 올랐다.

잘못한 사람은 분명 이태양인데 왜 나만 참아야 돼? 왜 또 내가 참아야 하냐고! 왜 맨날 나한테만 참으라는 거야!

나는 건우를 노려봤다. 두꺼운 내 안경알 너머로 당황해하는 건우 얼굴이 보였다. 내 눈빛에 놀랐는지 건우 손에서 힘이 풀렸다. 순간, 나는 곧장 이태양에게 주먹을 날렸다.

"이태양! 내 돈 다 가져올 때까지 매일 점심시간마다 내가 너 때릴 거야! 내일부터 당장!"

나는 거친 숨을 몰아쉬었다. 생각 따위 하고 싶지 않았다. 이대로는 분이 풀리지 않을 것 같았다. 지금까지 모아 뒀던 세뱃돈부터 책마을 아저씨한테 '나루토' 전집을 맡기고 빌린 돈까지 전부 이태양에게 넘겼다. 그런데 뭐? 무기 강화는 아예 시도조차 한 적이 없다고?

나는 어금니를 악물었다. 바닥에 엉덩방아를 찧고 주저앉은 이태양을 쩌려봤다. 이런 녀석하고는 더 이상 한 마디도 섞고 싶지 않았다. 나는 홱 등을 돌려 주차장을 뒤로 하고 걷기 시작했다.

"야, 너 왜 그래?"

뒤따라온 건우가 내 어깨에 손을 얹으며 나를 멈춰 세웠다.

"치워!"

나는 진저리를 치며 건우를 향해 내뱉듯 쏘아붙였다.

"너 지금 제정신이야? 이태양을 매일 때렸다가 걔가 선생님들한테 일러바치면 어쩔 거냐? 엉? 퇴학이라도 당할 셈이야? 이 멍청아, 생각을 해, 생각을!"

나는 건우 손을 사납게 뿌리쳤다.

"멍청이? 생각? 무슨 생각? 멍청이라며? 멍청이가 무슨 생각을 해? 야! 그런데 내가 멍청이면 최건우 넌 뭐냐?"

나는 고개를 건우한테 바짝 들이밀었다. 건우가 무슨 생각을 하는지 정말이지 알고 싶었다. 친구라면서, 그것도 내 베프라면서 건우는 내 마음이 어떤지 모르는 걸까? 안다면 지금 멍청이라는 말은 절대로 할 수가 없다. 게다가 제정신이냐고? 그래, 나 지금 제정신 아니다. 그런데 말이지, 네가 아니어도 나한테 제정신이냐고 할 사람은 많단 말이야.

나도 모르게 건우를 쳐다보는 두 눈에 힘이 잔뜩 들어갔다. 건우 얼굴 위로 종종 제정신이냐고 소리치던 엄마 얼굴이 겹쳐 보였다.

"우리 현상이는 아직도 저한테 미주알고주알 다 털어놓거든요."

엄마는 다른 아주머니들과 얘기할 때면 이렇게 자랑 아닌 자랑을 하지만, 이건 정말이지 엄마 혼자만의 착각이다.

매번 엄마 혼자 떠들고 난 그저 고개만 끄덕거릴 뿐이다. 엄마 말에 반항만 안 할 뿐이다. 말대꾸를 해 봤자 잔소리만 길게 이어지니까.

나는 건우를 향해 소리치고 싶었다.

지금 이 순간 나한테 필요한 사람은 제정신이냐고 따져 묻는 사람이 아니라고!

지금 이 순간 정신 나가 버릴 것 같은 나를 이해해 줄 수 있는 사람이라고!

건우 너까지 나한테 꼭 이래야겠냐? 엉?

그러나 늘 자기 할 말만 해 대는 엄마 앞에서 그랬던 것처럼 나는 건우 앞에서도 내 할 말을 쏟아 내지 못했다. 어차피 지금 내가 무슨 말을 해도 건우 녀석은 듣지도 않을 테니까.

"너도 참견하지 마!"

내 입에서 튀어나온 목소리는 소름이 돋을 만큼 차가웠다. 어쩔 수 없었다. 뒷일이야 어떻게 되든지 내가 하고 싶은 대로 하고 싶었다. 내 맘을 전혀 이해하지 못하는 사람과는 한순간도 마주하고 싶지 않다. 그게 베프인 건우라고 해도 말이다.

나를 가로막고 선 건우를 무시하고 교문을 향해 발걸음을 서둘렀다. 걷는 내내 뒤통수가 따끔거렸지만 뒤돌아보지 않았다. 교문을 빠져나온 뒤에도 속도를 늦추지 않고 계속 걷다 보니 어느새 책마을 앞에 서 있었다. 습관처럼.

나는 책마을 앞에 서서 우두커니 가게 안을 들여다봤다. 오늘따라 신간이 많이 들어왔는지 책마을 아저씨는 책 정리를 하느라 정신이 없었다. 나는 아저씨 눈에 띄지 않으려고 애를 쓰면서 한 걸음 앞으로 다가갔다. 깨금발로 유리문 바로 옆쪽에 있는 아저씨 책상을 바라보았다. 책상 위 작은 책꽂이에는 내 '나루토'들이 가지런히 꽂혀 있었다.

"아저씨, 이거 맡기고 돈 좀 빌릴게요. 중간고사 시작하기 전에는 꼭 찾으러 올게요. 다른 사람은 몰라도 아저씨는 이 '나루토'들이 저한테 어떤지 아시잖아요. 그냥 만화책이 아니라는 거."

지난 3월이 끝나 갈 무렵 나는 어렸을 때부터 한 권씩 사서 모은 '나루토' 만화책을 몽땅 들고 아저씨를 찾아갔다. 내 맘을 털어 놓을 어른은 책마을 아저씨뿐이니까. 그날도 아저씨는 언제나처럼 활짝 웃으며 내 어깨를 두드려 줬다. 아무것도 묻지 않고 내게 돈을 빌려줬다. 그리고 지금까지 내 '나루토'들을 보관하고 있다. 아무도 만지지 못하게 아저씨만 앉을 수 있는 책상 위 책꽂이에 천으로 덮어 놓은 채로.

만약 그날 아저씨가 내게 이렇게 물어봤다면…….

"현상아! '나루토' 전집은 너한테 보물이나 다름없잖아. 네가 오죽 급했으면 나한테 이 책을 맡기고 돈을 빌려 달라고 하겠어. 어떤 사정인지 말해 줄 수 있니? 이 돈을 어디에 쓰려고 그러는 거냐?"

아저씨 얘기에 내가 이렇게 솔직하게 털어놓았다면…….

"이태양이라고 우리 학교에서 게임을 제일 잘하는 애가 있어 요. 그 애한테 돈을 주면 무기를 강화시켜 줄 수 있다고 해서 지금 까지 모은 세뱃돈을 전부 줬거든요. 그런데 게임을 계속하려면 돈 이 더 필요하다는 거예요……."

그랬다면 아저씨는 내게 무슨 말을 해 줬을까?

그랬다면 오늘 같은 일은 일어나지 않았을까?

후유.

눈앞에 놓인 '나루토'들을 보고 있으려니 한숨이 절로 나왔다.

대체 난 무슨 생각이었을까? 어쩌자고 아저씨한테까지 돈을 빌렸을까? 초등학교 때부터 단 하루도 빠지지 않고 들렀던 만화방에 들어갈 수조차 없는 몸이 되다니.

초등학교 4학년 때였을 거다. 수업 시간에 만화책을 보다가 선생님한테 들켜서 혼이 나고 말았다. 선생님은 만화책을 돌려줄 수 없다고 했다.

"현상이 너희 부모님도 네가 만화방에 들락거리는 걸 아시는 거니?"

만화방에서 빌린 책이라 오늘 꼭 돌려줘야 한다고 선생님께 울며 매달렸다가 오히려 이렇게 더 혼이 났다.

"어떡해요, 아저씨!"

수업이 끝나고 나는 눈물 콧물 질질 짜며 책마을로 달려갔다. 아저씨는 활짝 웃으며 다짜고짜 오른손을 번쩍 들어 올렸다.

"자, 너도 나처럼 오른손을 높이 들어 봐! 손바닥은 활짝 펴고!"

나는 울다 말고 아저씨를 향해 오른손을 번쩍 들어 올렸다.

"자, 큰 소리로 따라 해 봐! 노 프라블럼(No Problem)! 문제없어!"

"노 프라블럼! 문제없어!"

큰 소리로 아저씨를 따라 외치자 정말 거짓말처럼 아무 문제가 없을 것만 같았다.

그날부터 아저씨는 내 속마음을 털어놓을 수 있는 유일한 어른이 되었다. 나를 무조건 응원해 주는 사람, 바로 책마을 아저씨였다. 그런데 지금의 나는 아저씨한테 맡긴 '나루토'들을 찾으러 갈 수 없다. 이제 아저씨를 만나러 갈 수 없다.

다리에 힘이 풀려 버렸다. 나는 땅바닥에 털썩 주저앉았다. 노란 썬팅지를 바른 가게 유리벽에 기대어 있자니 내 자신이 정말 한심하게 느껴졌다.

나란 놈은 어쩌다 이렇게 돼 버렸을까?

나는 무릎을 가슴 앞쪽으로 끌어당겼다. 한껏 곧추세운 무릎 사이로 고개를 처박았다. 그러자 무릎 사이에 고인 어둠 속에서 이 모든 일의 시작인 그날의 기억이 스멀스멀 기어 올라왔다. 그날, 그러니까 나 윤현상이 '올북맨'이라는 슈퍼히어로로 새롭게 태어난 3월 15일의 기억이……

3월 15일

나는 영웅을 좋아한다. 영웅들은 힘이 세고 용맹하다. 보통 사람들은 하기 힘든 일도 척척 해낸다. 어려움이 닥쳐도 절대로 주눅 들지 않는다. 주눅은커녕 더욱 용맹해진다. 왜? 어려움이야말로 영웅에게는 꼭 필요한 자양분이니까. 위기 상황이야말로 영웅들이 뛰어난 능력을 맘껏 펼칠 수 있는 기회니까. 꽃과 나무가 비를 맞고 성장하듯 영웅들은 고난과 어려움을 겪으며 눈부시게 성장한다. 그리하여 세계를 구한다!

〈그리스 로마 신화〉에 등장하는 영웅들에서부터 수많은 전투에서 승리한 역사 속 장군들과 난세를 평정한 위대한 지도자들 모두 한결같다. 한결같이 뛰어났고, 한결같이 포기할 줄 모르는 굳센 의지로 어려움과 맞서 싸워 인류를 구원한 다음 한결같이 역사 속으로 사라졌다. 그리고 지금 여기, 나 윤현상이 살고 있는 이 시대에는 과거 위대한 영웅들의 자질을 고스란히 이어 받고 심지어 초능력이라는 엄청난 재능까지 장착한 '슈퍼히어로'들이 활약하고 있다.

슈퍼히어로! 우리 시대 새로운 영웅! 배트맨, 슈퍼맨, 스파이더맨, 아이언맨……. 이들은 여기저기 이곳저곳 가리지 않고 날아다닌다. 학교, 광장, 아파트나 사막, 심지어는 태양이나 달까지 가로지르며 종횡무진 활약한다. 하지만 평소엔 그렇게 튀지 않는다. 물론 슈퍼히어로일 때는 좀 민망하다 싶을 만큼 몸에 쫙 붙는 쫄쫄이 바지를 입기도 하지만 평상시에는 지극히 평범하다. 우리와 똑같은 옷을 입고 학교에 가거나 회사에 출근한다. 가족과 함께 식사를 하고 연인과 데이트를 즐기기도 한다. 그러니까 슈퍼히어로라고 해서 신부님이나 스님처럼 결혼을 못하는 것도 아니고, 자신의 꿈을 포기하거나 직장을 관둘 필요도 없다. 남들처럼 할 것다 하면서 슈퍼히어로로 역할을 하나 더 수행하는 것뿐이다.

그리하여 14세가 된 지금까지도 '나는 대체 무슨 맨이 될 수 있을까?'를 수년째 심각하게 고민 중이다. 그런 고민을 왜 하느냐고? 그야 나도 역사 속 위대한 영웅들처럼 우리 시대 슈퍼히어로들처럼 인류를 구하고 세계 평화를 지키고 싶기 때문이다.

사람으로 태어나 무언가 뜻깊은 일을 하는 것이야말로 진정 값진 삶이 아닌가!

그렇게 나는 원대한 꿈과 만났다. 그래, 이제는 결정해야만 한다! 중학생씩이나 되어 가지고 언제까지 고민만 할 텐가! 이래서야 언제 영웅이 된단 말인가! 언제 이 혼탁한 세상을 구하고 값진 인생을 산단 말인가!

나는 두 주먹을 불끈 쥐었다가 폈다. 책상 위에 새로 산 노트를 펼쳤다. 노트 맨 윗줄에 3월 15일이라고 크게 썼다. 내 생일은 1월 17일이지만 3월 15일은 내가 새롭게 영웅으로 탄생하는 날인 것이다.

그래, 오늘 나는 '○○맨'으로 다시 태어나는 거야.

날짜 밑에는 커다랗게 '영웅 설명서'라고 썼다. 이제 내 이름과 능력, 복장 등을 적어 넣으면 된다.

근데, 그러니까 나는 대체 ○○맨이냐고? 대체 난 무슨 맨이 될 수 있을까?

우선 내가 가진 능력부터 생각해 보기로 했다. 능력? 초능력에 가까운 능력? 나한테 그런 능력이 있었어? 생각해 보니 초능력은 커녕 다른 애들보다 잘하는 게 하나도 없는 것 같다.

나는 친구들에 비해 키가 작다. 당연히 덩치도 작다. 시력도 좋지 않아 알이 두꺼운 안경을 쓰고 다닌다. 그런 데다 생일이 빨라서 한 살 일찍 학교에 들어갔다. 같은 학년이어도 이른 달에 태어난 친구들과 비교하면 나는 동생이나 다름없다. 그래서 그런가? 나는 어렸을 때부터 친구들과 몸싸움하는 게 싫었다. 치고받고 싸워 봤자 어차피 내가 질 게 뻔하니까. 그리고 보니, 나는 다른 애들보다 공부만 못하는 것이 아니라 싸움까지 못하는 거였다. 달리기를 잘하는 것도 아니고, 눈치가 빠른 것도, 말을 잘하는 것도 아니고, 리더십이 있는 것도 아니다.

어휴, 나도 모르게 한숨이 나왔다.

난 대체 뭘 잘하는 거냐? 너무 한심했다. 음, 다른 애들보다 잘하는 거라고는…… 고작 책을 많이 읽는다는 거?

갑자기 내 머릿속에서 반짝하고 알전구가 켜졌다. 그래, 나는 책을 많이 읽는다. 제대로 읽는지 잘 읽는지는 모른다. 독서를 많이 해서 다른 애들보다 더 똑똑한지 아는 게 많은지도 잘 모르겠다. 그러나 오직 '많이 읽는 거'라면 나를 따를 자가 없다.

왜 진작 이 생각을 하지 못했지? 나로 말할 것 같으면 초등학교 1학년 때부터 그림책, 소설, 자기계발서, 위인전에서부터 만화책까지 가리지 않고 읽어 왔다. 길에서도 책을 읽는다고 엄마한테 매일 혼나기까지 했다.

그래! 나도 잘하는 게 있다! 나는 다독맨인 것이다!

나는 영웅 설명서 첫 줄에 다독맨이라고 썼다. 다독맨, 다독맨, 다독맨…… . 그런데 소리 내어 읽어 보니 뭔가 허전하다. 배트맨, 슈퍼맨, 아이언맨, 다독맨. 다른 슈퍼히어로들과 왠지 어울리지 않는 느낌? 다들 최신 유행 옷을 입고 있는데, 나 혼자 전통 한복을 입고 나타난 느낌? 다독맨을 영어로 바꾸면 무슨 맨이지? 책을 많이 읽는 남자니까 리딩맨? 아냐, 리딩맨은 꼭 책 읽어 주는 남자 같잖아. 이건 뭐 영웅이 아니라 로맨스 소설의 주인공? 그럼 대체 무슨 맨이라고 해야 할까.

나는 지그시 두 눈을 감고 일단 다독맨이라는 슈퍼히어로에 대해 상상하기 시작했다.

다독맨은 책을 많이 읽었다. 세상의 모든 책을 다 읽었다. 다독맨이 사는 세계에서는 세상에 존재하는 책 종류만큼이나 다양한 사건 사고가 벌어졌는데, 그때마다 다독맨은 자신이 읽은 책 중에서 딱 맞는 지혜를 꺼내 왔다. 약사가 아픈 사람에게 알맞은 약을 처방하듯이 다독맨은 자신이 읽은 세상의 모든 책에서 지혜를 꺼내 와 인류를 구원했다. 다독맨은 정중앙에 '올 북 오브 더 월드(ALL BOOK OF THE WORLD)'라고 크게 쓰여 있는 책 모양의 가방을 등에 메고 다닌다. 그것은 세상의 모든 책을 상징한다. 다독맨이 그 가방을 메고 나타나면 사람들은 환호했다. 사람들이 다독맨과 악수라도 한번 해 보려고 손을 뻗으면 다독맨은 가방에서 무언가를 꺼내 나눠 준다. 그것은 작은 쪽지다. 사람들은 다독맨의 쪽지를 한참이나 들여다보곤 했다.

> 스스로 할 수 있거나 꿈꾸는 일이 있거든 당장 추진하라!
> 대담함 속에는 재능과 힘과 신비함이 모두 깃들어 있다.
> ―괴테

 사람들은 저마다 고개를 끄덕거렸고, 다독맨의 쪽지에 쓰여 있는 문구를 주문처럼 외우기도 했다. 그 쪽지는 어느 가정집의 거실에 액자로 걸리거나 패밀리 레스토랑의 벽면을 장식하거나 고층 빌딩의 로비에 걸려 사람들에게 삶의 지혜를 일깨워 주었다. 학교에서 왕따를 당하거나 부모의 무관심으로 상처받은 청소년들과 이별의 슬픔으로 눈물 흘리는 연인들과 살아갈 희망을 잃어버린 사람들은 한 번쯤 다독맨의 쪽지 앞에 멈춰 서서 그가 전해 준 인생의 지혜를 낮게 읊조리곤 했다. 그러고는 "한 번 더 용기를 내 보자!" 하며 다시 삶 속으로 발길을 돌리곤 했다.

와우! 상상 속 다독맨은 가슴이 두근두근할 만큼 멋졌다.

"그래, 좋았어!"

나는 허리를 곧추세우며 책상 앞에 바짝 붙어 앉았다. 다독맨…… 아, 진짜! 이름 빼고는 정말 멋진 히어로잖아? 나는 다시 머리를 굴리기 시작했다. 너무 예스러운 느낌이니까 좀 더 현대적인 느낌으로. 가만 '올 북 오브 더 월드'라고 쓰여 있는 가방을 메고 다니는 남자니까…… 올북맨? 그래, 올북맨이라고 하자!

세상 모든 책을 다 읽은 남자!

세상 모든 책의 지혜로 위기에 처한 인류를 구원하는 영웅!

나는 영웅 설명서 첫 칸에 올북맨이라고 한 자 한 자 힘주어 적어 넣었다. 나 윤현상이 슈퍼히어로로 다시 태어난 순간이었다. 나는 곧장 책상 위 탁상 달력을 집어 들었다. 3월 15일에 빨간색 사인펜으로 굵은 동그라미를 그려 넣었다. 아자, 아자, 아자! 나는 올북맨이다!

"윤현상! 너 수학 문제 다 풀었어?"

그 순간, 벼락 치듯 엄마의 고함 소리가 들려왔다. 뒤이어 안방 문이 벌컥 열리는 소리가 났다.

나는 잽싸게 옆으로 밀쳐놓은 수학 문제집을 집어 들었다. '영웅 설명서' 노트 위에 수학 문제집을 펼쳤다. 문제집 오른쪽 위 엄마가 크게 써 놓은 3월 15일이라는 날짜가 나를 쩨려봤다. 순식간에 3월 15일은 내가 올북맨으로 다시 태어난 날이 아니라, 수학 문제집 123~124쪽을 풀어야 하는 숙제의 날로 변해 버렸다.

"뭐야? 아직 한 문제도 안 풀었어?"

어느새 내 방에 들어온 엄마 목소리에 날이 섰다. 나도 모르게 움찔거리며 엄마 눈치를 봤다.

"아니, 수학 문제집 푼다고 책상에 앉은 지가 언제야? 문제집만 펼쳐 놓고 있으면 뭐 하니? 너 대체 무슨 생각이야, 엉?"

엄마는 한숨을 내쉬며 수학 문제집을 가리켰다. 그러고는 내 눈을 빤히 들여다봤다. 내 눈동자 속에서 정답을 찾기라도 할 것처럼 말이다. 언제나 그렇듯 엄마의 시선을 피하지도 못한 채 나는 다문 입을 더 꼭 닫았다.

"엄마 몰래 딴짓이라도 한 거야? 말을 해 봐, 말을!"

엄마는 이제 내 어깨를 움켜잡아 나를 엄마 쪽으로 바짝 돌려세웠다. 나는 할 말을 입 안에 감춘 채 엄마를 올려다봤다. 사탕을 입에 물고 녹을 때까지 혀로 이리저리 굴리듯이 말이 되어 나오지 못하는 내 진짜 속마음을 입 안에서 굴리며 두 눈만 끔뻑거렸다. 대체 내가 무슨 생각을 했는지 솔직히 털어놓는다면…….

그동안 뭘 했냐고요? 실은 '영웅 설명서'를 만들었어요. 내가 어떤 영웅이 될 수 있는지 고민하느라 한 문제도 풀 수가 없었어요.

시간이 없다고 아무 맨이나 될 수는 없잖아요? 그걸 하느라 시간이 이렇게 많이 흘러가 버렸는지도 몰랐어요. 네? 제가 왜 영웅이 되어야 하냐고요? 저도 세상을 위해 멋진 일을 하고 싶으니까요. 지구 평화를 지키고 위험에 빠진 인류를 구원하는 일보다 더 중요한 건 없으니까요. 뭐라고요? 초등학생도 아니고 중학생씩이나 되어서 영웅이니 슈퍼히어로니 말도 안 되는 생각이나 하고 있다니, 대체 지금 제정신이냐고요? 세상을 구하는 일은 나중에 얼마든지 할 수 있으니까, 제발 지금은 수학 문제집이나 풀라고요? 대체 나중에 언제요?

이렇게 내 진짜 속마음을 입 밖으로 꺼내면 어떤 일이 벌어질까? 내가 이런 생각을 하는 동안에 엄마의 표정은 점점 일그러졌다. 그다음 분노와 체념이 뒤범벅되더니 엄마의 입에서 긴 한숨이 새어나왔다.

"어휴…… 내가 말을 말아야지, 말을. 너 내일 학원도 가야 되잖아? 벌써 9시야. 학원 숙제는 해서 가야지. 그래, 안 그래?"

"그야 그렇죠."

나는 기어 들어가는 목소리로 대답했다.

엄마는 영 못 믿겠다는 표정으로 이번엔 쓰읍 길게 숨을 들이마셨다. 그러고는 엄청난 결심을 한 사람처럼 엄숙한 얼굴로 내게 선언했다.

"좋아! 네가 수학 문제집 빨리 풀면 게임 한 시간 하게 해 줄게!"

엄마는 양손을 허리 옆에 올려붙이고 나를 내려다봤다. 그 순간, 내 눈에는 엄마야말로 나를 엄청난 고난에서 구해 준 슈퍼히어로 같았다.

"진짜?"

나는 얼른 책상 앞에 붙어 앉았다.

"정말 못 말린다니까."

엄마가 혀를 내두르며 거실로 나가자마자 나는 검사가 검을 움켜쥐듯이 샤프를 꽉 쥐었다.

그래, 잘했어! 엄마가 대체 무슨 생각이냐고 물었을 때, 입 다물고 있기를 얼마나 잘했냐? 만약 내가 슈퍼히어로가 되겠다는 원대한 꿈에 대해 털어놨다면? 게임은커녕 욕만 잔뜩 먹었을걸. 생각해 봐, 그동안 어떤 반응이 돌아왔는지. 언제나 똑같았잖아?

그렇다고 엄마를 이해하지 못하는 것은 아니다. 엄마야말로 세상 그 누구보다도 나와 내 장래에 대해 걱정하는 사람이니까.

초등학교 고학년이 되었을 때 엄마가 다그치듯 물었다.

"넌 대체 커서 뭐가 되려고 그러니?"

"세계 평화를 지키는 슈퍼히어로가 될 거라니까!"

그때 딱 한 번 이렇게 진지하게 대답한 적이 있다. 엄마는 정말 심각하게 화를 냈다.

"아직도 그 따위 말이나 할 거야?"

"농담이야. 농담이라고요."

나는 재빨리 말을 얼버무렸다. 그날 이후로는 절대로 그런 말을 하지 않는다. 한 번 더 그 말을 꺼냈다가는 상담 치료를 받으러 가자고 할지도 모르니까.

나는 내가 이상하다고는 절대로 생각하지 않는다. 다들 슈퍼히어로를 꿈꾸는 것이다. 그렇지 않다고 말하는 남자아이들도 실은 게임 속 세상에서 다들 슈퍼히어로로 살아간다. 그러니까 우리 남자애들은 다들 이중생활을 하고 있는 셈이다. 우리 시대 슈퍼히어로들처럼 아침에 일어나면 세수하고 옷 입고 학교에 간다. 공부하고 시험도 치르고 축구도 하고 친구들과 어울려 논다. 학원에 가기 싫다고 투덜댄다. 현실에서는 영웅 노릇을 하고 싶어도 할 수가 없지만, 게임 속 세상에서는 얘기가 다르다. 우리는 그곳에서 검사, 총사, 마법사가 되어 임무를 완수하고, 몬스터를 처벌하고 세상을 구한다. 우리가 바로 영웅이다!

잠깐, 내가 또 무슨 생각을 한 거지? 수학 문제집을 풀면 게임을 한 시간이나 하게 해 준다고 했잖아? 기다려라.

나 올북맨 오늘은 게임 세상을 평정하러 간다! 자, 정신 차려, 정신!

나는 세차게 고개를 내저으며 엄청난 속도로 수학 문제집을 풀어 나갔다. 미션을 깨듯이 1번, 2번, 3번…… 문제집 123~124쪽까지 내 앞에 놓인 문제를 하나도 남김없이 처부쉈다.

"게임 오버!"

나는 수학 문제집을 들고 거실로 달려갔다. 소파에 앉아 텔레비전을 보고 있던 엄마가 깜짝 놀라 리모컨을 떨어뜨렸다.

"뭐야? 진짜 다 했어?"

"진짜라니까."

나는 엄마 무릎 위에 문제집을 올려놨다.

"진짜? 5분 만에?"

엄마는 거실 벽에 걸린 시계를 확인하고는 믿을 수 없다는 눈으로 나와 문제집을 번갈아 쳐다봤다. 그러고는 가늘게 실눈을 뜨고 해답지를 꺼내 채점하기 시작했다.

"어머, 어머, 이거 뭐야! 이거 진짜야?"

엄마 무릎 위에 놓인 수학 문제집 여기저기 빨간 동그라미가 피어나는 걸 보고 나는 곧장 컴퓨터 앞으로 달려갔다. 거실 한쪽에서 묵묵히 이제나저제나 자기를 찾아 주기만을 기다려 온 나의 컴퓨터! 검지로 전원 버튼을 누르자마자 위이잉 소리를 내며 컴퓨터는 잠에서 깨어났다. 아직 각성하지 않은 채로 어둠 속에서 자신의 주인을 기다려 온 드래곤이 번쩍 눈을 뜨듯 화면 가득 푸른빛을 뿜어 댔다.

나는 컴퓨터 앞에 붙어 앉아 마우스에 오른손을 올려놨다. 수 많은 미션과 모험이 가득한, 그래서 그곳에서만큼은 나 같은 평범한 남자아이들도 멋지게 활약할 수 있는 진정한 슈퍼히어로들의 세계로 건너가는 문이 서서히 열리고 있었다.

용사들이여, 내가 왔다! 나 올북맨이 너희와 함께 몬스터들을 때려잡고 인류를 구원하리라!

"세상에, 우리 아들이 이렇게 수학을 잘했단 말이야?"

등 뒤에서 흥분한 엄마 목소리가 들려왔다. 안 봐도 뻔했다. 엄마 눈엔 기쁨의 눈물이 그렁그렁 맺혀 있겠지. 단 5분 만에 수학 문제집 두 쪽을 하나도 안 틀리고 다 풀어 버린 이 아들이 얼마나 자랑스러울까.

"그런데, 이렇게 잘할 수 있으면서 그동안은 왜 그랬어?"

엄마 목소리가 날카롭게 변했다. 순간, 등짝에 오소소 소름이 돋았다. 이 기분 나쁜 느낌은 대체 뭐란 말인가? 나는 슬며시 뒤를 돌아봤다.

"야, 마음만 먹으면 이렇게 빨리 잘할 수 있으면서 지금까지 일부러 그런 거야?"

엄마 두 눈에 불꽃이 일렁이고 있었다. 불꽃은 순식간에 분노의 불길로 변해 이글이글 타올랐다.

"가서 국어 문제집도 마저 풀어!"

이럴 수가!

어느새 내 옆으로 다가온 엄마가 컴퓨터 전원을 무참히 꺼 버렸다. 겨우 일주일 만에 간신히 나의 부름을 받아 긴 잠에서 깨어났던 내 컴퓨터는 단말마의 신음소리와 함께 생명을 잃었다.

"수학 문제집만 풀면 게임 한 시간 하게 해 준다면서?"

내 목소리는 어느새 비명에 가까워져 있었다.

"누가 안 시켜 준다고 했어? 어차피 국어 문제집도 풀어야 되잖아. 그것도 5분 만에 풀어 버려. 할 거 다 하고 맘 편하게 해! 게임 한 시간, 진짜 시켜 준다고!"

엄마는 판사가 판결을 내리듯이 빠르게 자기 할 말을 해 버리고는 안방으로 들어가 버렸다. 더 이상의 논쟁은 용납할 수 없다는 태도였다.

어휴.

나는 전원이 꺼져 버린 컴퓨터를 바라보다 슬리퍼를 질질 끌며 내 방 책상 앞으로 후퇴했다. 억울한 마음을 꾸역꾸역 가슴 밑바닥에 밀어 넣으며 국어 문제집을 풀었다. 5분 뒤……, 나는 국어 문제집을 들고 엄마한테 달려갔다.

"어머나, 세상에. 우리 아들이 웬일이니! 이제 영어 수행 평가 숙제만 하면 되겠네."

다시 책상 앞으로 후퇴! 영어 수행 평가 숙제를 끝마치고 다시 엄마 앞으로 돌진.

"어머나, 세상에. 우리 아들이 웬일이니! 이제 독후감 한 편만 쓰면 되겠네."

엄마의 칭찬과 뒤이은 또 다른 미션, 미션, 미션!

그리하여 모든 미션을 끝마치고 나서 비로소 컴퓨터 전원 버튼을 누를 수 있었다. 내 손이 닿자 컴퓨터는 다시 푸른빛을 뿜어 댔다. 그러나…… 세상 모든 책들의 지혜로 세상을 구하는 슈퍼히어로인 올북맨으로서의 첫날을 제대로 시작해 보기도 전에 나의 세계는 암흑에 휩싸여 버렸다.

"뭐야? 이거 왜 이래?"

믿을 수 없었다. 두 눈으로 똑똑히 보면서도 믿고 싶지 않았다. 이대로 어이없이 게임이 끝나 버리다니! 대체 왜?

나는 깜짝 놀라 컴퓨터 모니터의 시간을 확인했다. 자정이 넘어 있었다. 거실 벽시계를 올려다보자 째깍째깍 귀에 거슬리는 초침 소리가 내 약을 올렸다.

"이게 뭐냐고!"

나는 거칠게 헤드셋을 벗어 던졌다. 벌써 12시가 넘어 버리다니!

셧다운제를 까맣게 잊고 있었다. 누군가에게 뒤통수를 세게 얻어맞은 느낌이었다. 수학 문제집을 끝내자마자 게임을 했으면 한 시간을 할 수 있었다. 그런데 엄마가 자꾸 새로운 미션을 제시하는 바람에 결국 이렇게 돼 버렸다. 이게 다 엄마 때문이다. 너무너무 억울했다.

"엄마!"

나는 목 놓아 엄마를 불렀다.

그런데 엄마는…… 내 목소리를 듣고 거실로 나온 엄마는…… 아무렇지 않게 말했다.

"그래? 할 수 없지 뭐. 어차피 내일 토요일이니까. 주말에는 원래 한 시간씩 게임하기로 했잖니? 내일 해."

엄마는…… 너무나도 태연했다. 내 억울한 마음 같은 건 알려고도 하지 않았다.

"말도 안 돼! 주말엔 당연히 그렇게 하기로 한 거잖아요?"

"그래서?"

"그래서라뇨? 오늘 할 게임을 내일 하라는 게 지금 말이 되는 거냐고요! 오늘은 평일인데도 엄마가 게임할 수 있게 해 준다고 해서 내가 미친 듯이 숙제를 다 한 거 아냐?"

"그래서?"

엄마는…… 변함없이 태연했다.

"엄마, 지금 나랑 장난해? 아까 수학 문제집 풀자마자 게임했으면 오늘도 한 시간은 할 수 있었다고요!"

나는 눈물까지 나올 것 같았다. 그런데도 엄마는 아무렇지 않게 "그래서?"만 되풀이했다.

"그래서? 그럼 내일 한 시간이 아니라 맘껏 게임할 수 있게 해 달라고요!"

나는 울먹이며 내 맘을 토해 냈다.

그러나 엄마는 내 모든 억울함과 절박함을 단칼에 잘라 버렸다.

"안 돼."

엄마는 곧장 등을 돌렸다. 그러고는 안방으로 향했다. 엄마의 뒷모습은 내게 벽이었다. 꽉 막힌 벽. 그걸 통과하는 문은 절대로 찾을 수 없는 벽.

나는 내 방으로 달려 들어가 지갑을 주머니에 쑤셔 넣었다. 재빠르게 현관을 박차고 뛰쳐나왔다. 쾅, 소리와 함께 현관문이 닫히고 엄마가 내 이름을 소리쳐 불렀을 땐, 이미 나는 아파트 계단을 뛰어 내려가고 있었다. 계단 저 위쪽에서 엄마가 부르는 내 이름이 메아리처럼 울려 퍼졌다. 나는 그렇게 하면 끈질기게 달라붙는 엄마의 목소리를 떨쳐 낼 수 있기라도 한 것처럼 어둠 속을 달리고 또 달렸다.

내가 올북맨으로 새롭게 탄생한 날. 내가 어떤 능력을 갖고 있는지, 내가 무얼 할 수 있는지 깨달은 날. 나는 집을 뛰쳐나왔다. 맨발로 슬리퍼를 끌며 어두운 거리를 헤맸다.

저 멀리 버스 정류장 건너편에서 등대처럼 불빛이 깜빡거렸다.

'책마을'이라는 파란색 간판이었다. 가게 유리문 안쪽에서 아저씨가 책장에 책을 꽂고 있었다. 초등학교 때부터 늘 보던 풍경이었다. 내가 저 문을 열고 들어가면 아저씨는 책 정리를 하다가 나를 돌아보곤 했다.

"'나루토' 신간 나왔는데 현상이 너 오면 제일 먼저 빌려주려고 숨겨 놨지."

아저씨는 그렇게 말하며 신간 코너에도 꽂지 않은 새 만화책을 내게 건네주었다. 그러면 나는 나뭇잎 학교의 문제아였던 나루토가 나뭇잎 마을의 수장인 호카게를 목표로 성장해 가기까지 겪은 모험을 아저씨에게 신나게 떠들어 댔다.

나는 멀리서 가게 안을 가만히 들여다봤다. 내가 좋아하는 영웅에 대해 아무 거리낌 없이 이야기할 수 있는 사람이 있는 곳. "노 프라블럼! 문제없어!"라는 말 한마디로 기적처럼 내 마음속 어둠을 물리쳐 주는 어른이 있는 곳. 내가 좋아하는 건 전부 쓸모없다고 생각하는 아빠나 별것 아닌 일로 잔소리만 늘어놓는 엄마하고는 완전히 다른 사람이 있는 곳. 나도 모르게 책마을을 향해 한 걸음 앞으로 나아갔다.

지금 저 문을 열고 들어가기만 하면 아저씨는 빙그레 웃으며 내게 책 한 권을 건네줄 거다. 내가 무슨 말을 하더라도 하던 일을 멈추고 내 얘기에 가만히 귀 기울여 줄 거다. 내가 올북맨이라는 슈퍼히어로로 다시 태어났다는 어린애 같은 얘기까지도 말이다. 아저씨는 원래 그런 사람이니까.

안다. 알고 있다. 그런데도 나는 더 이상 발을 떼지 못했다. 어쩐지 이런 꼴로는 저 문을 열고 들어갈 용기가 나지 않았다. 저곳에서 만큼은 나는 나루토 같은 아이어야 한다. 아니, 나루토 같은 아이이고 싶다. 문제아에 사고뭉치지만 끝까지 포기하지 않는, 세상 사람들이 뭐라 해도 끝까지 도전하는, 나도 그런 아이이고 싶다.

그런데 지금 내 모습은?

나는 고갤 떨구고 아래를 내려다봤다. 슬리퍼 밖으로 비쭉비쭉 튀어나온 발가락들이 꼴사납다. 한판 붙어 보기도 전에 미리 싸움을 피해 버리는 찌질이, 혼자서 끝없이 불평불만을 늘어놓는 투덜이, 원하는 것이 있어도 엄마를 설득해 보지도 못하고 도망쳐 버린 겁쟁이.

나 같은 게 나루토처럼 되고 싶다고?

나는 다시 걷기 시작했다. 얼마나 걸었을까. 누군가 내 어깨를 툭 치고 스쳐 지나갔다. 휘청하며 몸의 중심을 잡는데 멀리 전철역이 보였다. 버스로 두세 정거장이나 지나야 전철역인데 어느새 여기까지 와 버렸다.

이제 어쩌지?

주위를 두리번거리는데 불 꺼진 상점들 사이로 환하게 불 밝힌 간판 하나가 두 눈을 가득 메웠다.

히어로 PC방.

"얼마면 되냐?"

PC방 간판을 보자마자 꿈속인 듯 건우 목소리가 들려왔다. 입학식 날 이 PC방에 왔다가 우리는 이태양을 만났다. 우리 모두 이태양 등 뒤에 딱 붙어 서서 이태양의 무기 창고를 구경했다. 건우는 입학 선물로 할아버지한테 받은 돈 봉투를 호기롭게 건네며 이태양에게 무기를 강화시켜 달라고 했다. 어쩌면 지금도 이태양은 저 PC방에 있을지도 모른다.

솔직히 건우가 부러웠다. 나도 이태양에게 돈을 주고 무기를 강화시켜 달라고 하고 싶었지만, 선뜻 세뱃돈을 건넬 용기가 나지 않았다.

나는 주머니에 손을 집어넣었다.

어차피 내 마음 따위 알아주지도 않는 엄마가 무슨 상관이야?

집에서 게임을 못한다면 다른 방법이 있다고!

나는 손끝에 만져지는 지갑을 꽉 움켜쥐며 히어로 PC방이 있는 건물 안으로 발걸음을 옮겼다. 어느덧 자정이 넘은 시간, 어둑어둑한 계단에 발을 올려놓자마자 PC방에서 흘러나온 푸른 불빛이 나를 향해 손짓했다. 길 잃은 난파선이 등대 불빛을 따라가듯 나는 PC방의 푸른 불빛을 따라 서둘러 계단을 올라갔다.

다시 4월 30일

나 나 삐끗하고 떨어지던 와중 펴

펴 버린 날개를 타고

치 치워 버린 것들의 위로 비

비행 아닌 비행을 하며

핸드폰 벨소리가 턱없이 크게 울려 퍼졌다. 건우가 제일 좋아하는 노래라고 해서 내 핸드폰 벨소리로 설정해 놓은 래퍼 하온의 〈붕붕〉. 그 노래가 3월 15일의 기억을 잘라 내며 나를 순식간에 현실로 확 불러들였다. 나는 화들짝 놀라 바지 주머니에서 핸드폰을 꺼냈다.

4월 30일. 핸드폰 화면의 날짜 표시 위로 건우 이름이 반짝거리고 있었다. 잽싸게 수신 거절 버튼을 눌렀다. 그러나 이미 늦었다. 내가 자리를 털고 일어서기도 전에 책마을 문이 벌컥 열렸다.

"어? 언제 왔냐, 너?"

아저씨는 콧잔등 위로 흘러내린 안경을 밀어 올리며 문에서 조금 비켜섰다. 안으로 들어오라는 신호였다.

"그러니까 그게…… 그게 그러니까……."

나는 도저히 아저씨 얼굴을 쳐다볼 수가 없었다. 고개를 차마들지 못하고 무작정 뛰기 시작했다. 뒤돌아볼 엄두 따위도 나지 않았다. 컥, 이렇게 숨이 막혀 죽는 걸까, 달리다 죽을 수도 있을까. 그런 생각을 하며 발을 내딛는 동안에도 움켜쥔 핸드폰에서는 계속해서 벨소리가 울려 퍼졌다. 건우 대신 건우가 좋아하는 노래가 끈덕지게 나를 뒤쫓아 왔다.

나는 달렸다. 달리고 또 달렸다.

숨이 턱 밑까지 차오르도록 달렸는데…… 결국 학원이었다.

나란 놈은 대체 뭘까.

"하하, 푸하하하!"

헛웃음이 터져 나왔다. 돈까지 건넨 친구한테 뒤통수 맞고, 베프한테는 멍청이란 소리까지 들은 날. 이런 날조차 갈 곳이라고는 학원밖에 없다니!

자꾸자꾸 웃음이 터져 나왔다. 참을 수 없을 만큼, 어깨를 떨어댈 만큼 난폭한 웃음이 나를 집어삼키고 있었다. 학원 안으로 들어가려던 여자애 몇이 나를 흘깃거렸다. 시선이 곱지 않았다.

나는 여자애들의 시선에 쫓기듯 학원 건물을 박차고 들어가 곧장 비상구로 달려갔다. 등 뒤에서 쾅, 소리와 함께 문이 닫혔다. 어둑어둑한 계단을 뛰어 올라갔다. 애들 말소리가 더 이상 들려오지 않을 때까지 올라가 마지막 계단 위에 주저앉았다.

'윤현상 학생이 아직 학원에 도착하지 않았습니다.'

알림음과 함께 핸드폰 화면에 문자 메시지가 떴다. 엄마에게도 똑같은 메시지가 갔겠지. 그 순간 핸드폰 벨소리가 정적을 깼다. 아니나 다를까 엄마였다. 받지 않았다. 아니, 받을 수 없었다. 내가 할 수 있는 일이라곤 고작해야 계단에 쪼그려 앉아 무릎 사이에 고개를 처박는 것뿐이었다.

질끈, 눈을 감고 비상계단에 도사리고 있는 어둠에 대고 낮게 중얼거렸다.

이대로 시간이 멈춰 버렸으면…….

그러나 아무리 기다려도 시간은 멈추지 않았다. 내 마음과는 상관없이 시간은 제멋대로 흘러갔다. 그럴수록 엄마에게서 걸려오는 전화의 간격도 짧아져만 갔다.

수신 거절 버튼을 누를 때마다 숨이 막혔다.

후아!

깊게 숨을 내쉬었다. 힘겹게 핸드폰을 집어 들었다.

신호음이 가자마자 건우가 곧장 전화를 받았다. 아까는 참견하지 말라고 큰소리쳤지만 막상 건우 목소리를 들으니 마음이 조금 놓이는 것만 같았다.

"건우야! 너, 내일 점심시간에 나랑 같이 갈 거지?"

"뭐? 너 정말 이태양 때리게? 미쳤어?"

핸드폰 너머에서 들려오는 건우 목소리는 믿기 힘들 정도로 험

악했다. 순간, 코끝이 시큰해졌다. 건우라면 내 마음을 이해해 줄 줄 알았는데. 서운한 마음에 생각지 못했던 말들이 튀어나오기 시작했다.

"미쳤냐고? 그래, 나 미쳤다, 미쳤어! 이태양 그 새끼, 내가 정말 가만 안 둘 거야. 그동안 세뱃돈만 갖다준 줄 아냐? 내 '나루토' 전집도 다 날아갈 판이라고! 너도 이태양한테 당했잖아. 넌 화도 안 나? 내일 너도 무조건 나랑 같이 가!"

나도 모르게 건우에게 고함을 질러 대고 있었다.

"야! 너만 화나? 나도 지금 장난 아니야. 그런다고 이태양을 때려? 그래서? 그다음엔? 네 말대로 점심시간마다 매일 걔를 때리면 어떻게 되는데? 그 녀석이 그런다고 돈을 다시 갖고 오겠냐? 잘못한 건 이태양인데 괜히 때렸다가 너만 혼난다고. 학폭이네 뭐네 하면서 너만 억울한 일 생기고, 학교도 못 다니면? 엉? 제정신이냐! 너 대체 생각이 있는 거야?"

생각이 있는 거냐고? 건우 너까지 지금 꼭 이래야겠냐? 나도 알아, 안다고! 그런데 지금 내 마음은 생각 같은 걸 할 수가 없단 말이야! 건우, 너도 알잖아? 내가 언제 네가 하자는 대로 안 한 적이 있었냐? 네 말을 내가 언제 거절하는 거 봤어? 나는 그냥 누가 좋으면 그 사람이 하자는 대로 다 해. 거절 같은 건 하지도 않아. 내 성격이 원래 그렇다고. 그건 나한테 힘든 일도 아니야. 하지만 상대방이 오해하기 딱 좋은 거였어. 건우 너처럼 말이야. 지금까지 난 건우 네 말이라면 무조건 다 들어줬어. 네가 무슨 이상한 소리를 해도 그게 뭐든 네 말대로 따라 준 거란 말이야! 그냥 네가 좋으니까!

핸드폰을 움켜쥔 손에 잔뜩 힘이 들어갔다. 마음과는 달리 또 엉뚱한 말들이 입 밖으로 튀어나왔다.

"생각? 생각은 너나 많이 해. 난 상관없어. 나 진짜 이태양 용서 못 해. 그러니까 너도 같이 갈 거야 말 거야? 그것만 말해."

내 말이 끝나자마자 핸드폰 너머에서 거친 숨소리가 들려왔다. 뒤이어 건우 입에서 상상도 할 수 없었던 말이 튀어나왔다.

"난 안 가! 윤현상, 너도 가지 마. 내일 이태양 때렸다가는 절교야!"

절교? 건우 너, 지금 절교라고 한 거야?

내가 뭘 잘못 들었나, 당황해하며 핸드폰을 귀에 바짝 가져다 댔다. 몇 번씩이나 핸드폰을 귀에 가져다 댔지만 더 이상 아무 소리도 들려오지 않았다. 비상계단에 도사리고 있던 어둠이 달려들며 내게 속삭였다.

게임 오버!

그런 고민은
나중에 해도 되잖아?

사장님! 오늘 혹시 우리 현상이가 거기 안 갔나요? 핸드폰 벨소리가 크게 울려서 나와 봤더니, 현상이가 가게 문 옆에 쪼그려 앉아 있다가 그대로 사라져 버렸다고요? 거기까지 와서 가게에 들어오지도 않고 가 버렸단 말이죠. 정말 이상하네요…….

　아, 이렇게 전화를 드린 건……. 하아, 이게 다 무슨 일인지 저도 잘 모르겠어요. 우리 현상이가 학원에 안 갔나 보더라고요. 학원에서 현상이 안 왔다고 문자 메시지 온 게 4시 35분이었는데 벌써 9시가 넘었잖아요. 현상이 아빠가 알면 큰일 나는데 어쩌면 좋을지 모르겠어요. 우리 집 통금 시간이 10시거든요. 지금이라도 연락되면 학원에서 좀 늦었다고 핑계라도 대는데…….

　사장님, 아까 현상이 얼굴이 어땠어요? 저번처럼 또 가출하려고 마음먹은 건 아닌지 걱정이에요. 네? 현상이가 사장님한테 말 안 했나요? 저나 아빠한테는 말 안 하는 것도 사장님한테는 다 얘기하니까 당연히 알고 계신 줄 알았어요.

현상이가 아빠한테는 연락했을지 모른다고요? 그건 진짜 아니에요, 사장님. 아빠하고는 아예 말도 안 한다니까요. 그래도 어렸을 때는 만화책 빌려 오면 아빠한테 보여 주면서 살갑게 굴고 그랬는데. 중학생 되면서부터는 애 아빠가 공부는 안 하고 만화책만 보냐고 야단치니까 말 붙일 생각도 안 해요. 아빠랑은 대화가 안 된다나 뭐라나.

네? 너무 걱정하지 말고 천천히 얘기해 보라고요? 어휴, 사장님한테 또 신세를 지네요. 마침 손님이 뜸하다고 하시니 얘기해 볼게요.

아까는 진짜 제정신이 아니었다니까요. 학원에서는 애가 안 왔다고 하지, 현상이 이 녀석은 전화도 안 받지. 그 와중에 현상이 친구 엄마가 전화를 해서 이상한 소릴 늘어놓질 않나……. 지금까지 무슨 정신으로 돌아다녔는지 모르겠어요. 학원에 찾아가 보고, PC방에 쫓아가 보고, 마지막으로 혹시나 해서 사장님한테 전화해 본 거예요.

그런데 가출 얘기는 뭐냐고요? 아, 가출을 한 건 아니고, 가출을 할 뻔했죠. 사장님도 아시죠? 현상이가 만화책이랑 게임을 너무 좋아하잖아요. 사장님을 워낙 잘 따르니까 만화방에 가는 건 허락해 줬는데, 게임은 정말 답이 안 나오더라고요. 머리는 진짜 좋은 녀석인데 공부는 안 하고 틈만 나면 딴짓을 하니까, 평일엔 아예 게임을 못 하게 했어요. 이제 초등학생도 아니고 중학생인데 공부를 해야죠. 주말에만 한 시간씩 게임하기로 약속을 했는데, 그날은 현상이가 너무 심한 거예요.

　그날이요? 세상에, 수학 문제집 푼다고 자기 방에 들어간 뒤로 세 시간이나 지났는데 한 문제도 안 풀어 놨지 뭐예요. 대체 무슨 생각하는 거냐고 제가 물었더니, 대꾸는 안 하고 눈만 끔뻑거리는 거예요. 뭐, 대답을 들어 봤자 뻔했겠죠.

　현상이가 특이한 건지, 다른 남자애들도 다 그런 건지……. 아직도 영웅 타령하는 거 제가 모를 줄 아나요. 사장님, 제가 진짜 고민이 너무 많아요! 현상이 녀석이 또 뭐라는 줄 아세요? 앞으로 뭘 해야 될지 모르겠다, 딱히 잘하는 것도 없고 하고 싶은 것도 없는데 대학은 가서 뭐 하냐. 학교에 가서도 앞으로 뭘 하면서 사나 고민하느라고 선생님 말이 귀에 들어오지도 않는다나요? 초등학교 때부터 그랬어요. 고민하느라고 바빠서 수업 시간에 공부를 할 수 없다는 게 말이 되나요? 그때마다 제가 그랬죠. 그런 고민은 누구나 다 하는 거라고. 일단 공부 열심히 하고, 대학에 가서 고민해도 늦지 않는다고 매일 귀에 박히도록 말해도 소용이 없어요.

　그날도 분명히 숙제는 안 하고 딴생각만 하고 있었을 거예요. 그래서 더 이상 따져 묻지도 않고, 수학 문제집 빨리 풀면 게임을 한 시간

하게 해 준다고 했죠. 그랬더니 5분 만에 풀어 왔지 뭐예요. 한 문제도 안 틀리고 다 했더라고요. 어찌나 화가 나던지……. 왜 화가 났냐고 요? 사장님도 한번 생각해 보세요. 5분 만에 해치운 건 마음만 먹으면 언제든 할 수 있다는 거잖아요. 할 수 있는데도 지금까지 안 한 거잖아 요. 그래서 제가 그랬죠. 국어 문제집이랑 영어 수행 평가 숙제도 끝내 버리라고요. 아무튼 그날은 밀린 숙제를 전부 해치워 버렸어요. 그랬 더니 12시가 거의 다 됐더라고요.

글쎄, 현상이가 컴퓨터 앞으로 달려가서 게임 시작한 지 얼마 되지 도 않았는데 게임이 끝나 버렸어요. 자정이 넘으니까 미성년자라 셧다 운제 때문에요. 아무리 화가 나도 그렇지, 그 밤에 집을 나갔지 뭐예 요. 말도 못하게 순하던 녀석이 말이죠. 우리 현상이한테는 사춘기가 안 올 줄 알았는데……. 친구들한테 수소문해서 간신히 PC방에서 찾 아냈어요. 그러지 않았으면 정말 가출할 뻔했죠. 여하튼 잘 달래서 집 에 데리고 왔어요.

그랬더니 현상이가 협상을 하자더라고요. 주말에만 게임하는 건 말 이 안 된다, 다른 애들은 매일 하는데 왜 나만 이렇게 살아야 하느냐, 주말 게임만 허락한다면 하루 종일 마음 놓고 할 수 있게 엄마가 대 신 아이디를 만들어 달라는 거예요. 다른 애들도 부모가 다 그렇게 해 준다나요? 저는 그건 안 된다고 했죠. 대신 서로 양보해서 숙제와 그 날 할 일을 마치면 평일에도 게임을 할 수 있도록 해 준다고 타협을 했어요.

말도 마세요. 그 뒤로 현상이는 정말 매일 게임을 하는 거예요. 이렇게 게임만 할 거냐고 야단이라도 치면, 내 할 일 다 하고 하는데 엄마가 무슨 상관이냐며 오히려 저한테 더 큰소리를 치더라고요.

그런데 현상이가 정말 자기 할 일은 다 하고 게임을 했냐고요? 예, 진짜 숙제 한 번을 안 밀리더라고요. 그러니까 제가 아무 말도 못했죠. 근데 막상 컴퓨터 앞에 붙어서 매일 게임하는 꼴을 보니까 얼마나 화가 나던지. 괜히 평일에도 게임을 허락한 건 아닌지 속으로 은근히 후회가 되더라고요.

아무튼 현상이를 찾으러 다니느라 정신없는 와중에 현상이 친구 엄마한테서 전화가 온 거예요. 어쩐지 오늘 계속 불길하긴 했어요. 아니나 다를까. 현상이가 이태양이라는 애를 매일 때리기로 했다는 거예요. 그 전화받고 얼마나 놀랐는지…….

그렇죠? 저도 그래요. 믿기지가 않아요.

이태양이라는 아이요? 현상이랑 같은 학교라고 하더라고요. 둘이 친한지 어떤지 전혀 몰라요. 전 얼굴도 본 적 없어요. 아! 명랑중학교 이태양이라면 사장님 가게에 등록되어 있을 거라고요? 네에…… 그렇게 자주 오는 친구는 아니고요?

사장님, 우리 현상이가 안 돌아오면 어쩌죠. 네? 그게 무슨 말씀이세요? 사장님이 이제부터 무슨 말을 하든지 현상이한테 화내지 말라고요? 다 들어 보기 전까지는 화내지 않는다고 약속하면 말씀을 해 주신다니, 어휴, 대체 무슨 얘길 하려고 그러시는 건데요? 겁부터 나네요, 진짜.

알았어요. 약속할게요. 애가 진짜 가출을 하게 생겼는데 제가 뭘 못하겠어요? 화내지 않는다고 약속한다니까요!

네……, 네……. 뭐라고요? 세상에! '나루토'라면 현상이가 제일 좋아하는 만화책인데, 그걸 사장님한테 맡기고 돈을 빌려 갔다고요? 중간고사 전까지 찾으러 올 테니까 그때까지 절대로 팔지 말라고 부탁까지 하면서요? 네, 사장님이 현상이를 믿어 주신 건 감사한데요.

현상이는 그 돈으로 대체 뭘 했을까요? 그 뒤로는 아예 만화방에 오지도 않았다는 거잖아요. 그렇게 아끼는 만화책을 맡기고 돈을 빌린 것도 이상하고, 이태양이라는 애를 매일 때리기로 했다는 것도 충격이고.

사장님! 우리 현상이가 대체 무슨 짓을 하고 다니는 걸까요. 사춘기라서 그런 걸까요.

　네, 네. 진정하고 태양 엄마한테 전화 먼저 해 보자고요? 그러면 좋은데 제가 태양 엄마 전화번호를 몰라요, 어쩌죠? 아, 책마을 회원이니까 가게에 번호가 있을 거라고요? 죄송하지만 빨리 찾아봐 주세요. 빨리요, 빨리!

5. 태양

~~~

가르쳐 주지도 않았으면서
나더러 어쩌라고?

4월 29일

'위'와 '아래'가 있다. '위'에 속한 아이들은 자신의 매력을 본능적으로 안다. 그 매력을 어떻게 뽐내야 하는지도 잘 안다. 똑같은 교복을 입고 있지만 '아래'와는 전혀 다른 분위기를 풍긴다. 교칙에 어긋나지 않게 교복을 입으면서도 멋있다. 명랑중학교 남자애들이라면 하나씩은 갖고 있는 검은색 나이키 운동화도 '위'에 떠 있는 녀석들이 신으면 전혀 다른 운동화가 된다. 색색의 끈으로 밋밋한 검은색 운동화에 색을 입힐 줄 아니까. 그렇게 녀석들은 나와 같은 아이들 속에서 서서히 눈에 띄기 시작하다 어느새 교실 분위기를 주도한다.

오늘 생일 파티를 하는 민호만 해도 그렇다. 민호는 '위'에 떠 있는 녀석이다. 그 앤 쉬는 시간뿐만 아니라 수업 시간에도 아무 거리낌 없이 제 할 말을 한다. 교실 분위기 따위 상관없다. 아니, 민호 같은 녀석들이 교실 분위기를 만드는 것이다.

만약 '아래'에 속한 녀석이 생일 파티를 집에서 한다고 했으면 분명 놀림이나 당했을 게 뻔하다. 초등학생도 아니고 중학생씩이나 되어서 집에서 생일 파티를 하다니, 말도 안 된다며 핀잔을 들었을 거다. 6학년 때부터 벌써 집에서 하는 생일 파티 따위 누구도 흥미를 보이지 않았다. 맥도날드나 KFC 같은 곳에서 햄버거 세트를 먹고 곧장 PC방으로 몰려가는 생일 파티가 유행이니까. 물론 생일인 녀석이 PC방비를 내는 건 당연하다. PC방에 가는 것도 아니면 우리 같은 중학생이 구태여 생일 선물을 준비하면서까지 다른 녀석의 생일 파티에 갈 이유가 없잖아?

그러나 '위'에 떠 있는 민호라면 얘기가 다르다. 요즘의 생일 파티 공식을 따르지 않아도 욕먹지 않는다. 유행 따위 상관없다.

왜 이런 일이 가능한 걸까?

나는 민호네 거실에 앉아 아이들에게 둘러싸여 있는 민호를 살핀다.

"여자애들 너무 웃기지 않냐? 치마를 입든가 바지를 입든가 하나만 하지. 치마에 체육복 바지를 껴입는 건 뭐냐?"

틈만 나면 여자애들 얘기를 꺼내는 성재였다.

"야, 됐고. 태양아! 오늘 '썬 월드(Sun World)' 파티에 누구누구 부를 거야?"

민호가 소파 위에 누워 허니버터칩 한 움큼을 입에 우겨넣다 벌떡 일어나 앉았다. 그러고는 성재 말을 싹둑 자르며 내게 물었다. 성재는 입술을 삐죽거렸지만 불평 한마디 하지 않는다. 거실 가운데 생일상 주위에 둥글게 앉아 있던 아이들 모두 일제히 민호를 쳐다봤다.

"오늘? PC방 갈 거야?"

내가 민호에게 되물었다. 솔직히 PC방에 갈 거라고는 생각하지 못했다. 집에서 생일 파티를 한다고 했으니까. 집에서 음식을 먹고 적당히 놀다가 학원에 가거나 각자 집으로 돌아가는 줄로만 알았다. 그런데 오늘 썬 월드 파티에 누구를 부를 거냐고? 오늘의 주인공은 민호 넌데, 게임에 참여할 아이들을 나한테 정하라고? 정말 내가 그래도 되는 거야?

나는 민호의 질문을 이해하지 못했다. 정확히 무슨 뜻인지, 내게 어떤 대답을 원하는지.

"썬 월드는 태양이 네가 최강이잖아!"

민호는 소파에서 미끄러지듯 내려와 내 옆에 자리를 잡았다.

"맞아, 이태양이 최고지."

"썬 월드에서 이태양보다 좋은 무기 가진 애 봤냐?"

"이태양, 레벨 15 '구원의 부활'도 있다면서?"

"뭐? 말도 안 돼! 진짜 이태양이 그 최고의 검을 갖고 있다고?"

여자애들 얘기를 꺼냈다가 화제에서 밀려나 버린 성재조차 이제는 내 쪽으로 상체를 바짝 들이댔다. 민호가 '이태양이 최강'이라는 말을 꺼내자마자, 아이들 모두 앞다퉈 내게 관심을 보이기 시작했다. 곧바로 내가 화제의 중심으로 떠올랐다.

"야! 썬 월드 파티에 누구누구 데려갈 거냐니까? 난 당연히 데려갈 거지?"

민호가 한쪽 팔을 뻗어 내게 어깨동무를 했다. 어깨 위로 전해져 오는 묵직한 느낌. 이 순간만큼은 나도 민호처럼 '위'에 떠 있는 것만 같다. 더 이상 '민호한테만 왜 이런 일이 가능한 걸까?'라는 생각 따위 하지 않는다.

"썬 월드는 무조건 무기가 강한 사람이 이기는 게임이야. 당연히 공격력 강한 애들을 데리고 가야지."

내가 생각해도 목소리에 너무 힘이 들어갔다. 나, 너무 잘난 척한 건가. 아이들 표정을 조심스레 살폈다. 우려와는 달리 내 말이 떨어지기가 무섭게 이야기는 활기를 띄었다.

"그럼 성직자는 무조건 빼! 성직자는 공격하는 캐릭터가 아니니까 별 도움이 안 되잖아. 맞지?"

민호는 모든 결정권이 내게 있다는 듯 순순히 내 의견을 물어왔다. 다른 녀석들도 재빨리 자신들의 캐릭터를 자랑하듯 늘어놓았다. 검사인지 총사인지 마법사인지, 또 어떤 레벨의 무기를 갖고 있으며 성능은 얼마나 강한지. '어때, 이만하면 나도 데려가 줄 수 있겠니?' 하고 내 눈치를 살피면서 말이다.

그래, 나는 썬 월드의 보스를 한 방에 때려잡을 수 있는 최강 무기를 가진 검사, 전설의 소드 마스터다!

그래, 내가 썬 월드 파티 플레이의 중심이라고!

나는 어느새 게임 속 세상에서 뿐만 아니라 명랑중학교 남자애들이 모인 이곳, 현실 세계에서도 최강 무기를 휘두르는 검사가 된다. 나는 민호와 어깨동무를 한 채로 썬 월드 파티를 어떻게 플레이할지 밑그림을 그리기 시작했다.

"보스를 해치우려면 그전에 몬스터를 최소한 다섯 마리는 잡아야 되잖아. 게다가 썬 월드는 시간제한도 있는 거 알지? 정해진 시간 안에 최대한 빨리 몬스터를 잡아야 보스가 나오거든."

내가 말할 때마다 아이들은 눈을 반짝반짝 빛냈다. 한 마디도 놓치지 않겠다는 듯이 집중했다. 민호까지도 숨소리를 죽이며 내 말에 귀를 기울였다. 게임에 대해, 특히 내가 최강 무기들을 갖고 있는 썬 월드에 대해 이야기하는 순간만큼은 교실에서의 이태양은 흔적도 없이 사라져 버린다. 선생님이 영어책을 소리 내어 읽어 보라거나, 칠판 앞으로 나와 수학 문제를 풀어 보라고 할 때마다 쭈뼛대는 이태양은 말이다. 교실에서의 이태양이 사라진 자리에 썬 월드 전설의 소드 마스터가 튀어나와 최고의 검 '구원의 부활'을 휘두른다.

"우아."

"죽인다."

내가 '구원의 부활'이 가진 성능에 대해 이야기하자 여기저기서 부러움과 질투가 뒤섞인 감탄사들이 튀어나왔다.

"여기, 누가 이것 좀 도와줄래?"

그때 주방 쪽에서 민호 엄마 목소리가 들려왔다. 약속이나 한 듯이 대화가 뚝 끊겼다. 주방을 정면으로 바라보고 있던 내가 민호 엄마와 눈이 마주쳤다. 나는 자석에 이끌리듯이 벌떡 일어나 주방으로 갔다. 민호도 슬리퍼를 질질 끌며 따라왔다.

"피자는 좀 있으면 온다고 했거든. 일단 떡볶이랑 샐러드 먼저 먹고 있어."

민호 엄마가 먼저 민호에게 쟁반을 건네줬다.

"그럼 우리 친구는 이것들만 좀 나눠 주겠니?"

뒤이어 수저와 컵이 담긴 쟁반을 내게 넘겼다.

나는 민호 엄마가 건네준 쟁반을 들고 거실로 갔다. 서둘러 쟁반을 한쪽에 내려놓고 아이들에게 컵을 하나씩 나눠 주는 사이, 민호는 상에 수저를 한 벌씩 내려놨다.

"민호야! 젓가락은 숟가락 오른쪽에 놓는 거라고 그랬지?"

어느새 쟁반에 주스를 받쳐 들고 온 민호 엄마가 민호에게 한쪽 눈을 찡긋거리며 말했다.

"알았어요, 알았어!"

민호는 귀찮다는 듯이 대답하면서도 수저를 바로 정리했다.

'아……. 젓가락은 숟가락 오른편에 놓는 거구나.'

이상했다. 두근두근, 심장 근처에서부터 이상한 느낌이 퍼져 나와 나를 휘감았다.

아이들이 사냥감에 달려드는 맹수처럼 음식을 우걱우걱 먹기 시작하는데도, 나는 내 앞에 놓인 수저를 멍하니 내려다보고만 있었다. 정말 이상했다.

메아리처럼 귓가에서 맴도는 민호 엄마 목소리 사이로 우리 집 식탁 위에 놓여 있던 오천 원짜리 지폐 한 장이 떠올랐다. 가게 때문에 새벽에 집에 들어오는 아빠와 엄마. 두 분 얼굴 대신 아침마다 마주하는 지폐 한 장.

"우리 아들, 이제 일어났니? 지각하면 어쩌려고. 얼른 밥 먹고 학교 가야지."

"담임 선생님은 어때? 같은 반 아이들하고는 지낼 만하고?"

아침밥이 차려진 식탁에서 오고갈 대화 대신 주어지는 하루치 생활비. 오늘 아침에도 나는 너무나 당연하다는 듯이 식탁 위에 놓인 오천 원을 주머니에 쑤셔 넣고 집을 나왔다.

그리고 지금…… 처음 와 본 친구네 집에서 젓가락은 숟가락 오른쪽에 놓는다는, 생각해 보면 너무나 당연해서 놀라울 것도 없는 일에 움찔 기가 죽은 것이다. 누구도 내게 이런 걸 가르쳐 준 적이 없다. 그러니까 나는 이런 사소한 것도 몰랐던 거다. 그런 생각이 들자 못 견딜 만큼 민호가 부러워졌다.

늘 '위'에 떠 있는 민호…… 과연 내가 민호 같은 애를 따라잡을 수 있을까. 어쩌면 여기 있는 애들 전부 내가 모르는 것을 아무렇지 않게 알고 있는 것은 아닐까. 내가 모르는 건 대체 얼마나 많은 걸까? 나만 모르는 것들이 실은 엄청나지 않을까?

내가 이런 생각을 하는 사이에 떡볶이는 바닥을 드러냈고, 샐러드 접시에는 검정색에 가까운 소스만 얼룩처럼 남았다. 텅 비어 버린 접시가 '여기에도 태양이 네 몫은 없어.'라고 말하는 것만 같았다. 피자가 배달되어 오고, 민호가 생일 케이크의 촛불을 끌 때까지도 온몸을 휘감은 이상한 느낌은 끈덕지게 내 몸에 달라붙어 떨어지지 않았다.

"야, 너도 문화 상품권이냐?"

민호가 똑같은 종이봉투에 든 문화 상품권을 꺼내 보고는 이를 드러내며 웃었다. 민호 앞에는 똑같은 문화 상품권 봉투가 몇 개나 쌓여 있었다. 다들 약속이나 한 걸까. 뭐, 별다른 이유는 없다. 게임할 때 필요한 캐시를 충전하기 가장 편하다는 이유로 생일 선물은 문화 상품권이라는 공식이 생겨 버렸을 뿐이다.

내가 가져온 선물이 최고일걸?

나는 입꼬리를 살짝 말아 올리며 가방을 가져왔다. 책 대신 길쭉한 상자 하나가 가방을 부풀리고 있었다. 내가 지퍼를 열어 상자를 꺼내자 풍선에서 바람이 빠지듯 가방은 푹 꺼져 버렸다.

"나이키? 진짜?"

상자를 열어 본 민호가 휘파람을 불었다.

"레알?"

"미쳤다!"

"완전 절어!"

"이태양 너! 너 내 생일 파티에도 꼭 와라. 엉?"

성재가 애타는 표정으로 말했다. 다른 아이들도 나이키 운동화를 쳐다보며 눈을 빛냈다.

그랬다. 민호가 상자에서 나이키 운동화를 꺼내자마자 이상한 열기가 감돌았다. 생일 파티의 주인공인 민호보다도 내가 더 주목받고 있었다. 민호의 휘파람 소리와 아이들의 웅성거림, 잔뜩 들뜬 분위기의 정중앙에 다름 아닌 나, 이태양이 있었다.

그래, 내가 이렇게 만든 거야. 이 신나는 분위기, 이거 어쩔 거냐고!

나도 모르게 흥분하기 시작했다. 나는 생일상 앞으로 바짝 다가가 앉았다. 상 한쪽에서 '여기에도 태양이 네 몫은 없어.'라고 비웃듯이 나를 올려다보는 샐러드 접시를 멀찍이 치워 버렸다. 그러고는 아직 아무도 손대지 않은 피자를 제일 먼저 집어 들었다. 볼이 터질 듯 피자를 입 속에 욱여넣으며 옆에 놓여 있던 종이컵을 집어 들자 눈치 빠른 성재가 내 컵에 주스를 가득 채웠다.

"민호를 위하여! 썬 월드 최강을 위하여!"

주인공 민호가 아닌, 나 이태양이 주스가 찰랑거리는 종이컵을 높이 들어 올렸다. 모두 내 말을 똑같이 따라 외치며 종이컵을 들어 올렸다. 그로부터 PC방으로 몰려갈 때까지 민호네 거실 가득 몇 번씩이나 내 목소리가 크게 울려 퍼졌다.

"엄마, 오늘은 생일이니까 나 학원 안 가!"

민호가 운동화를 신으며 선언하듯 말했다. 현관 앞에 서 있던 민호 엄마는 장난스럽게 인상을 쓰며 생일이니까 한번 봐줄게, 하며 고개를 끄덕였다. 맨 마지막으로 민호가 엘리베이터 안으로 미끄러지듯 달려 들어왔다.

"너무 늦지는 말고. 조심해!"

민호 엄마 말이 같이 날아들었다.

엘리베이터 문이 닫힌 뒤에도 내 눈에는 '조심하라'는 민호 엄마 목소리가 어쩐지 민호를 둥글게 감싸 안고 있는 것처럼 보였다.

치…….

나도 모르게 새어 나오는 부러움 섞인 한숨을 재빨리 집어삼키며 주머니 속에 쑤셔 박힌 오천 원짜리 지폐를 꽉 움켜쥐었다.

　민호네 아파트 단지를 빠져나와 우리는 곧장 전철역 근처 히어로 PC방으로 향했다. 학교가 끝나면 내가 늘 시간을 보내는 곳이다. 다른 곳은 몰라도 히어로 PC방만큼은 내가 제일 잘 안다. 나는 게임 속 검사처럼 성큼성큼 앞장서 걸으며 뒤따라오는 아이들을 재촉했다.

　"야, 좀 천천히 가."

　내 속도를 따라잡기 힘들었는지 성재가 뒤에서 투덜거렸다.

　"성재 너도 운동화 바닥에 에어를 깔아. 이태양이 신은 나이키 보여? 최신상 아니냐. 저렇게 두꺼운 에어를 깔고 다니니까 당연히 빠르지."

　민호가 성재 어깨를 툭툭 치며 내가 신은 운동화를 가리켰다. 뒤쪽에서 와글와글 아이들의 목소리가 들려왔다.

　"진짜 최신상이네."

　"저거 완전 비싼 거 아냐?"

　"이태양네 부자잖아."

　"이어폰도 블루투스 이어폰이던데? 그것도 최신상으로."

　"진심 부럽."

　아이들은 제멋대로 떠들어 댔다. 그게 꼭 싫지만은 않았다.

나는 아이들을 양 떼처럼 몰고 당당하게 히어로 PC방이 있는 건물 안으로 들어섰다. 내가 발을 들여놓자마자 조용하던 계단이 갑자기 활기를 띠었다. 생기를 잃고 죽어 가던 생명체를 살려 낸 듯한 기분마저 들었다.

"이태양, 오늘은 친구들도 잔뜩 달고 왔네!"

히어로 PC방의 문을 열고 들어서자 아르바이트생인 성우 형이 나를 반겼다. 내 뒤로 우르르 몰려 들어오는 아이들을 보고는 헤벌쭉 입을 벌리면서 웃었다. 나는 형의 웃음이 어떤 의미인지 잘 안다. 형은 매일 혼자 여기서 시간을 때우는 나를 걱정하며 귀에 박히도록 잔소리를 해 댔다.

"태양이 네 나이 때는 PC방이 아니라 친구들하고 밖에서 어울려 놀아야 돼."

여전히 PC방이긴 하지만 그래도 혼자가 아니라 친구들과 함께 있는 내 모습이 형을 웃게 만든 거다.

"형! 우리 제일 좋은 자리로!"

내가 한껏 들뜬 목소리로 외치자 성우 형은 기다렸다는 듯이 우리를 안내했다.

"일단 다들 캐릭터 창을 띄워 봐!"

각자 컴퓨터 앞에 자리를 잡고 앉은 아이들이 일제히 내 말을 따랐다. 민호와 정민은 나처럼 검을 다루는 검사였고, 성재를 포

함해 총을 쏘는 총사가 셋, 마법사와 성직자도 있었다. 공격력은 검사와 총사가 강하지만, 그렇다고 해서 함께 게임을 하러 왔는데 성직자와 마법사만 빼고 플레이를 할 수는 없었다.

"으음, 파티 플레이를 하려면……."

나는 아이들 뒤에 서서 캐릭터 창을 유심히 들여다봤다. 공격력 강한 캐릭터가 높은 레벨의 무기까지 갖고 있다면 파티 플레이를 하는 데 훨씬 더 유리하다. 나는 캐릭터가 가진 무기 레벨을 일일이 확인했다. 민호의 검인 '복수의 불꽃'이 그나마 레벨 9로 다른 아이들의 무기에 비해 높았다. 대부분은 레벨 5에서 8 정도로 엇비슷한 수준이었다.

"다들 무기 레벨이 왜 이렇게 구리냐고! 안 되겠다. 나만 따라와!"

나는 재빠르게 내 자리로 가서 앉았다. 어차피 나 빼고는 다들 똑같은 수준이니까. 나의 보물이자 나를 전설로 만들어 준 '구원의 부활' 검으로 이 오합지졸들을 지켜 가며 적을 무찌르는 수밖에.

나는 흡, 숨을 들이마셨다. 각오를 다지며 내 캐릭터 창과 무기 창고를 열었다.

"우아, 미쳤다, 미쳤어!"

옆자리에 앉은 민호가 내 무기 창고를 엿보고는 두 눈을 휘둥그레 떴다. 민호 말에 다른 아이들이 내 뒷자리로 몰려와 소란을 떨었다. 소문으로는 들어서 알고 있었겠지만, 레벨 15 검을 직접 본 건 처음일 테니까.

"이야, 저 검이 진짜 레벨 15야?"

"우리 나이에 레벨 15가 가능한 거냐?"

"이태양, 너 정체가 뭐냐? 그거 말고도 레벨 10 넘는 무기가 대체 몇 개나 더 있는 거야?"

놀라 입을 다물지 못하는 아이들을 휘둘러보면서 나는 슬며시 미소 지었다.

당연하지. 내 무기 창고는 기적 그 자체니까. 나의 검 '구원의 부활'은 그야말로 전설이니까. 썬 월드에서 레벨 10 이상의 무기를 갖기란 하늘에서 별 따기보다 더 어려운 일이다. 레벨 8까지의 무기는 플레이만 어느 정도 열심히 하면 가질 수 있다. 그러나 레벨 9 이상의 무기를 얻으려면 게임을 많이 하는 것만으로는 불가능하다. 강화를 통해서만 얻을 수 있다. 레벨 9 무기를 얻으려면 레벨 8 무기 두 개를 합성해야만 한다. 두 개의 무기를 합성해야 상위 레벨 무기 하나를 획득할 수 있다. 정말 운이 나쁘다고 해도 같은 레벨 무기 하나는 남길 수 있다. 아이들이 알고 있는 사실은 거기까지다.

나는 살짝 고개를 돌려 내 옆에 주르르 늘어앉아 게임을 하고 있는 명랑중학교 남자애들을 바라봤다. 과연 이 녀석들 중에 레벨 10 이상 무기를 강화하는 순간 어떤 일이 일어나는지 아는 애가 하나라도 있긴 할까? 나도 모르게 슬며시 입꼬리가 올라갔다.

녀석들 중에 레벨 9 무기를 갖고 있는 아이는 민호뿐이다. 게다가 민호도 레벨 9인 무기는 딱 하나뿐이다. 레벨 10 무기를 얻으려면 레벨 9 무기 두 개를 합성의 재료로 사용해야만 한다. 그러니까 민호가 아무리 레벨 9 검을 가졌더라도, 그와 똑같은 레벨의 무기를 하나 더 갖지 못하면 상위 레벨로 강화는 시도조차 해 볼 수가 없다. 민호가 모르는 사실을 다른 녀석들이 알 리가 없는 것이다. 레벨 10 이상의 무기를 강화하는 순간 어떤 일이 일어나는지 말이다.

레벨 10과 레벨 10인 무기 두 개를 합성의 재료로 사용해 강화를 시도했다가 실패한다면…… 쿠르릉쾅쾅. 세계가 흔들리며 모든 것이 사라져 버린다. 갖고 있던 무기, 합성의 재료로 사용했던 또 다른 무기는 물론 레벨 10 무기를 갖기까지의 노력과 시간, 그 모든 것이 전부 감쪽같이 사라져 버린다. 레벨 11의 무기를 얻지 못하면 레벨 10 무기 두 개가 전부 없어져 버린다. 그뿐이다. 단 하나도 남지 않는다.

정말 운이 좋으면 어쩌다 레벨 11 무기를 얻을 수도 있지 않느냐고? 아니, 절대 그렇지 않다. 레벨 9까지는 상위 레벨로 강화가 성공하지 않아도 재료로 사용했던 두 개 중 하나는 남는다. 그러나 레벨 10 이상 무기를 강화하려다 실패하면 깡그리 없어지는 것이다. 그러니까 레벨 11의 무기를 얻기란, 거의 불가능에 가깝다.

이 사실을 알고 있었다면…… 과연 건우와 현상이 내게 돈을 맡겼을까? 생각이 여기에 미치자 자연스레 둘의 얼굴이 떠올랐다.

'내일은 정말, 꼭, 강화된 무기 줄 수 있지? 약속 지켜라.'

둘이 보낸 문자 메시지가 모니터 화면을 가득 채우는 것만 같았다. 나는 세차게 고개를 내저었다. 건우, 현상, 무기 강화, 그 대가로 받은 돈……. 머리 아픈 생각을 애써 떨쳐 버리며 모니터 앞으로 바짝 붙어 앉았다. 나의 검 '구원의 부활'을 높이 들어 올렸다.

모두 앞으로 진격!

내가 '구원의 부활'을 휘두르며 이제 막 모습을 드러낸 보스를 향해 힘찬 첫발을 내딛자마자 아이들 모두 기다렸다는 듯이 달려 나가기 시작했다. 나는 나를 따르는 대원을 이끌고 절벽에서 사막으로, 사막에서 초원으로, 초원에서 황량한 폐허로 썬 월드의 세계를 차례로 정복해 나갔다. 전설의 소드 마스터인 나 이태양이 '구원의 부활'로 번개를 내리칠 때마다 하나의 세계는 파괴되고 전혀 다른 세계를 불러들였다. 그때마다 내 대원들은 낯선 세계의 웅장함과 신비로움에 넋을 빼앗겼다.

그렇게 얼마의 시간이 흘렀을까.

헤드셋을 통해 들려오던 아이들의 목소리가 점점 작아지고, 어느새 썬 월드의 황량한 바람 소리만이 광활한 세계를 떠돌고 있었다.

나는 가만히 헤드셋을 벗었다.

모두 떠나가고 나만 남았다.

몇몇은 학원에 간다며 자리를 떴고, 마지막까지 자리를 지키던 민호도 9시가 넘자 서둘러 PC방을 빠져나갔다. 아이들의 웃음소리와 욕지거리와 뜨거웠던 열기까지 증발해 버리고 남은 이 고요함.

나도 그만 집에 갈까…….

헤드셋을 벗고 썬 월드 밖으로 눈을 돌리자마자 우리 집 곳곳에 먼지처럼 켜켜이 쌓인 침묵이 나를 향해 와락 달려들었다.

나는 서둘러 헤드셋을 다시 썼다. 썬 월드로 눈을 돌리자마자 수많은 몬스터들이 나를 향해 덤벼들었다. 벌레처럼 꾸물거리는 몬스터 너머에서 녀석들의 보스가 이글거리는 붉은 눈으로 나를 바라보고 있었다.

그래, 아무도 나를 봐 주지 않아도 좋아!

지금 여기, 내 앞에 저렇게 나를 똑바로 봐 주는 놈이 있잖아?

나는 '구원의 부활'을 움켜잡았다. 내 앞의 몬스터들을 향해 쉴 새 없이 검을 휘둘렀다. 늦은 밤 혼자 집으로 돌아가 현관문을 열면, 하루 종일 집 안에 도사리고 있다가 와락 달려들어 내 숨통을 조이곤 하는 침묵을 사정없이 떨쳐 냈다. 벌레처럼 내 몸 여기저기를 기어 다니며 '너만 혼자야. 너만 혼자야.' 집요하게 온 신경을 긁어 대는 어둠을 떨쳐 냈다.

문자 왔숑~ 문자 왔숑~.

그때 핸드폰 액정 위로 문자 메시지 창이 떴다. 건우였다.

'내일은 강화된 무기 줄 수 있지?'

아 씨, 뭐라고 답장하지? 핸드폰을 만지작거리는데 몇 개의 문자가 연달아 도착했다. 이번엔 현상이다.

'내일은 정말, 꼭, 강화된 무기 줄 수 있지?'

둘은 다른 말은 전혀 하지 않는다. 매일 똑같은 내용의 문자를 몇 개씩 보내온다. 일주일 전부터는 그 횟수가 더 잦아졌다. 문자 알림음이 계속해서 울린다.

'중간고사 전까지는 꼭 줘야 돼. 진짜! 반드시!'

"아오, 진짜! 진짜! 진짜! 현상이 이 새끼!"

나는 답장을 하는 대신 핸드폰을 무음으로 바꿔 버렸다. 그러고는 무기 창고를 열었다. 건우와 현상이 내게 돈까지 주며 부탁한 건 레벨 10 이상으로 강화된 무기다.

중간고사 전까지는 꼭 해 달라고? 그럼 처음부터 그렇게 얘기를 했어야지.

나도 모르게 쾅, 주먹으로 테이블을 내리쳤다.

우선은 내 캐릭터가 중요하니까. 내가 강해져야 무기를 획득할 기회가 많아지니까. 건우와 현상한테 돈을 건네받은 뒤로 나는 약속대로 모든 시간을 게임에 쏟아부었다. 새로운 무기를 얻을 때마다 강화를 시도했고, 마침내 레벨 15 최고의 검 '구원의 부활'까지 획득했다. 그리고 지금 내 무기 창고엔 레벨 14의 무기가 두 개 남아 있다.

그냥 이걸 둘한테 나눠 줘?

나는 무기 창고 중앙에 거인처럼 버티고 서 있는 두 개의 검을 들여다봤다.

진짜? 이걸 준다고? '구원의 부활' 말고도 내가 이걸 얻으려고 얼마나 노력했는데?

밥도 안 먹고 게임만 했잖아? 게다가 돈은 또 얼마를 썼냐?

이걸 정말 넘겨준다고?

이 두 개의 검이 있어야 강화를 다시 한번 시도해 볼 수 있잖아? 아니야, 그러다가 레벨 15 검을 또 얻기는커녕 레벨 14 검이 다 사라져 버리면? 그럼 걔들한테는 뭐라고 할 건데? 그 녀석들이 나를 가만둘 것 같아?

머릿속이 복잡했다. 검을 넘기면 더 이상 두 녀석에게 시달릴 일은 없다. 나는 돈을 건네받았고 그 대가로 약속을 지키는 셈이니까. 그러나 레벨 14 검을 두 개 합성해야 레벨 15 검을 또 얻을 수 있다. 레벨 15 검이 하나 더 있으면 지금 내가 갖고 있는 '구원의 부활'을 레벨 16으로 강화시킬 수 있다. 레벨 16 검이라니!

어른 중에서도 레벨 16 검을 갖고 있는 사람은 거의 드물다. 아마 전 세계에서도 몇 명 되지 않을 것이다. 레벨 16 이상의 무기를 갖고 있는 사람은 그야말로 '전설'이다.

"레벨 15 무기나 레벨 16 무기나 겨우 레벨 1 차이잖아?"

게임을 모르는 사람이면 그렇게 말할 수도 있다.

절대 아니다. 상위 그룹에서 레벨 1은 넘을 수 없는 벽과 같다. 공격력이 천 배, 아니 만 배는 차이가 난다. 레벨 16 정도의 검을 갖고 있으면 썬 월드에서는 대적할 상대가 없다.

이런 기회가 또 올 것 같아?

나는 흡, 숨을 들이마셨다. 그래, 이런 기회는 다시 오지 않아. 마우스에 오른손을 올려놨다. 무기 창고 중앙에서 아름다운 빛을 내뿜고 있는 레벨 14 검 두 개를 꺼내 강화 창에 올려놨다. 이제 마우스를 한 번 클릭하기만 하면 된다.

나 이태양은 과연 레벨 16 무기를 얻을 수 있을 것인가? 아니면 세계가 무너지는 소리를 뒤로 하고 무참하게 사라져 버릴 것인가?

오른손이 부들부들 떨렸다. 이마에는 식은땀이 맺혔다.

하나~ 둘~ 셋!

손끝에 온몸의 힘을 모아 마우스를 클릭했다. 금빛 무리에 휩싸여 있던 검 두 개가 하늘 위로 날아올랐다.

번쩍!

번개가 내리치며 두 검이 서로를 빨아들이더니 순식간에 한 덩어리가 되었다. 날카로운 칼날을 둥글게 집어삼킨 덩어리가 엄청난 속도로 회전하며 금빛에서 초록빛으로 초록빛에서 붉은빛으로 색깔을 바꾸었다. 그러다가 어느 순간 하늘을 무지개 색으로 물들였다.

번쩍!

다시 요란한 번개 뒤…… 세계가 둘로 쪼개졌다.

"뭐야, 이거!"

그 순간 뒤쪽에서 누군가 내 어깨를 움켜잡았다. 그러고는 억센 두 팔이 나를 옆으로 거칠게 밀쳐 냈다. 깜짝 놀라 입을 벌린 채 모니터 화면을 들여다본 녀석은 정민이다. 옆 반의 정민이. 건우와 현상과 늘 함께 몰려다니는 정민이. 한 달 전 건우가 내게 무기 강화를 부탁하며 돈 봉투를 건네줬을 때 옆에 있었던 정민이.

그 녀석이 나를 밀치고 모니터를 뚫어져라 들여다보았다. 믿을 수 없다는 표정으로 한참이나 모니터를 들여다보더니 이번엔 휙, 고개를 돌려 나를 쳐다봤다. 정민은 그러기를 여러 차례 반복했다.

정민이 들여다보는 화면은 텅 비어 있었다. 조금 전까지 레벨 14 무기 두 개가 금빛 무리를 내뿜고 있던 화면은 까만 어둠으로 뒤덮여 버렸다. 휘황찬란한 빛에 휩싸여 한 덩어리로 요동을 치더니 한순간에 사라져 버렸다. 너무 짙어서 주변의 어떤 색도 다 빨아들일 것만 같은 어둠만이 화면을 꽉 채웠다.

그제야 정민은 크게 부릅뜬 눈으로 나를 응시했다. 정민의 두 눈동자는 빛이라고는 한 점도 찾아볼 수 없는 텅 빈 화면 속 어둠과 닮아 있었다.

4월 30일

4교시 수학 시간이 채 끝나기도 전에 교실 문이 열리고 담임 선생님이 모습을 드러냈다.

"무슨······."

칠판을 향해 서 있던 수학 선생님은 분필을 든 채로 담임 선생님을 쳐다봤다. 담임 선생님의 시선이 내게 와서 꽂혔다. 나를 빤히 바라보는 선생님의 눈빛은 어제 히어로 PC방에서 나를 들여다보던 정민의 눈빛과 똑같았다. 어둠 그 자체였다.

내 심장 박동이 빨라졌다. 교실 문이 열리고, 담임 선생님이 나타났을때, 이미 나는 알고 있었다. 곧 선생님 입에서 내 이름이 튀어나올 거라는 사실을.

"수업 중에 죄송합니다. 이태양, 잠깐 좀 나와 봐."

선생님 눈빛의 까만 어둠이 나를 빨아들였다.

"이태양, 잠깐 나와 보라니까!"

선생님 말에 나는 홀린 듯 자리에서 일어났다. 아이들의 시선을 한 몸에 받으며 뒷문을 열고 복도로 나갔다. 아이들의 웅성거림이 뒤따라왔다. 선생님이 내 앞으로 다가서자 묵직한 침묵이 흘렀다. 곧 아이들의 웅성거림이 지워졌다.

선생님은 아무 말도 하지 않았다. 무슨 생각을 하는지 알 수 없는 눈으로 나를 한 번 내려다보고는 앞장서 걷기 시작했다. 선생님은 상담실 문을 열고 들어갈 때까지도 말이 없었다. 나는 선생님 맞은편 의자에 자리를 잡고 앉았다.

"이거, 네 용돈으로 산 거 맞니?"

선생님이 상담실 테이블 위에 상자 하나를 올려놓으며 입을 열었다.

상자의 뚜껑을 열어 보지 않아도 나는 그 안에 무엇이 들어 있는지 안다. 어제 내가 민호에게 선물했던 나이키 운동화가 들어 있을 게 뻔했다. 고개를 숙이고 상자를 내려다보는 순간, 민호 생일상 위에 놓여 있던 샐러드 접시가 떠올랐다. '여기에도 태양이 네 몫은 없어.'라고 말하는 듯했던. 머릿속이 갑자기 하얘졌다.

다 끝났구나.

"이태양 너, 옆반 건우랑 현상이한테 게임 무기 강화시켜 준다고 하면서 돈 받았다고 하던데 진짜냐? 설마 이 운동화…… 그 돈으로 산 거야?"

선생님은 상체를 내 쪽으로 바짝 들이밀었다. 먹이를 앞에 둔 사냥꾼처럼 사나운 눈빛으로 내 얼굴을 빤히 들여다봤다.

나는 책상 밑에서 주먹을 꽉 움켜쥐었다.

하지만 아무리 주먹을 꽉 움켜쥐어도 어제까지 내 것이었던 것들이 손가락 사이로 빠르게 빠져나갔다.

"썬 월드는 태양이 네가 최강이잖아!", "이태양 검 봤어? 레벨 15도 있어!", "이태양, 너 내 생일 파티 때도 꼭 와라."…… 나를 향해 쏟아지던 감탄, 휘파람 소리, 부러움의 눈길. 어제까지만 해도 분명히 내 것이었는데……. 내 자리를 만들어 줬던 것들이 테이블에 올려놓은 상자 하나 때문에 손가락 사이로 순식간에 흩어져 버렸다.

"태양아, 아니지? 네가 한 거 아니지?"

"……"

"아무리 철이 없어도 그렇지. 이런 짓 하면 안 된다는 거 초등학생들도 알겠다. 이런 것도 몰랐어?"

선생님은 황당하다는 얼굴로 내게 재차 물었다.

이상했다.

어제 생일 파티에서 민호 엄마 말을 들었을 때처럼 심장 근처에서부터 이상한 느낌이 퍼져 나왔다. 곧 그것은 나를 휘감고 내 목을 졸랐다.

이런 것도 몰랐냐고요? 예, 전 진짜 몰랐어요. 그냥…… 애들이 나를 추켜세워 주는 게 좋았다고요!

무기 강화를 해 주고 돈 받는 게 뭐가 나빠요? 걔들이랑 약속한 대로 해 줄 수도 있었단 말이에요! 일단 제 무기부터 강화시키고, 일단 사고 싶은 것들부터 사고, 일단 '위'에 있는 애들이랑 같이 어울려 다니고……. 그런 다음엔 얼마든지 해 줄 수 있었다고요!

이런 것도 몰랐냐고요? 그래요, 전 진짜 몰랐어요! 아무도 가르쳐 주지 않았잖아요! 아빠 엄마도 가르쳐 주지 않는 걸 제가 어떻게 알아요? 선생님도 가르쳐 준 적 없잖아요? 나한테는…… 아무도…… 아무도 말해 준 사람이 없다고요!

말이 되어 나오지 못하는 말들이 내 주머니 속 꾸깃꾸깃 접힌 오천 원짜리 지폐처럼 꽉 다문 입술 사이로 가득 차올랐다.

6. 태양 엄마

〰〰〰

우리 태양이는
그럴 애가 아니라고요!

네? 누구…… 아, 저희 태양이랑 명랑중학교에 같이 다니는 현상이 엄마라고요? 안녕하세요. 그렇지 않아도 책마을 사장님이 물어보시길래 전화번호 알려드려도 된다고 했어요. 태양이랑 같은 학교 어머니신데요. 아니요, 그런 건 아니에요. 다만 무슨 일인지 걱정했어요. 제가 현상 어머니랑 얘길 좀 나눠야 할 일이 있는 것 같다고만 말씀하시더라고요.

 혹시 오늘 태양이한테 무슨 얘기 들은 거 없냐고요? 아니요. 아침엔 얼굴을 못 봤고, 전화 온 것도 없어요. 그런데 우리 태양이가 현상이랑 같은 반 친구인가요? 제가 학기 초에 학부모회의도 못 가고 참관 수업에도 빠져서 태양이네 반 친구를 잘 모르거든요. 아, 현상이는 5반이라고요? 우리 태양이는 7반인데……. 둘이 같은 반 친구도 아닌데, 무슨 일로 저한테 전화를 하신 거죠?

 네? 뭐라고요! 현상이가 우리 태양이를 매일 점심시간마다 때리기로 했다고요? 세상에! 이게 대체 무슨 얘긴가요? 네? 현상 엄마도 자세

한 건 모르신다니 그럼 대체 어디서 그런 얘길 들으신 거예요? 네, 최건

우라는 아이요. 현상 엄마도 건우 엄마가 전화를 해 줘서 알게 됐다고

요? 건우…… 건우라……. 처음 들어 보는 이름인데요.

실은 태양이 초등학교 때 친구들 몇 명 말고는 태양이 친구를 잘 몰

라요. 이런 것까지 얘기할 건 아니지만……. 제가 남편이랑 대학가에서

고깃집을 하고 있거든요. 오후 4시에 문을 열어서 새벽 3시나 되어야

끝나요. 가게 문 닫고 집에 오면 새벽 4, 5시라 정리하고 자기 바쁘거

든요.

이제 태양이도 사춘기인 것 같고, 중학교에도 올라갔으니 신경 좀

더 써야지, 써야지 하면서도 하루하루 먹고 살기 바쁘니까 그게 잘 안

되더라고요. 오늘처럼 아침에 얼굴 못 볼 때도 많고요. 태양이 등교할

때 밥이라도 챙겨 줘야지 매일 생각은 하면서도 워낙 늦게 들어가니까

몸이 말을 안 들어요.

하루 종일 반찬 만들고 장사하다 집에 돌아오면 정말 손가락 하나

움직일 힘도 없거든요. 씻지도 못하고 그냥 잘 때도 많고요. 식탁에

매일 용돈 올려놓는 것 말고는 챙겨 준 게 거의 없네요.

그래도 우리 태양이가 얼마나 기특한지 아세요? 아빠 엄마 깰까 봐

조용조용 밥 먹고, 혼자 책가방 챙기고, 혼자 알아서 학교 가고, 학원

가고, 공부하고……. 가게 때문에 신경도 제대로 못 쓰는데 지금까지 문제 한 번 안 일으키고 잘 자라 준 애가 우리 태양이에요. 우리 아들이라서 편드는 게 아니라 저는 정말 태양이한테는 미안하다는 말밖에는 할 말이 없어요. 진짜 저 혼자 잘 자라 준 애예요. 태양이가 참 기특하다고요? 아유, 고마워요.

그런데 이상하게 지난해 겨울부터는 장사가 너무 안 되더라고요. 그래서 당분간 학원을 쉬자고 얘기했어요. 애한테 그 말을 하려니 어찌나 미안하던지. 중학교 때부터는 학원도 늘리고, 애가 뭘 하고 싶어 하는지 그걸 찾아서 밀어 줘야 하는데. 당장 너무 어려우니까…….

제가 태양이한테 그랬죠. 중학교 1학년부터가 진짜 중요한데 학원에도 못 가서 어떡하느냐고. 이렇게 하도 걱정을 하니까 태양이가 그러더라고요. 친구들처럼 학원 안 다녀도 공부 열심히 할 테니까 엄마는 아빠랑 가게에 더 신경 쓰라고 말이에요. 애가 그렇게 말하는데 벌써 그냥 어른이더라고요. 너무 어른스럽게 말하니까 그게 더 마음이 아팠어요. 겨우 열네 살인데 부모 때문에 우리 애가 너무 빨리 어른이 돼 버렸구나. 참 짠하더라고요.

네? 태양이가 진짜 학원을 한 군데도 안 다니냐고요? 맞아요. 그건 왜 물어보세요? 집에서는 공부가 잘 안 되니까 학교 끝나면 바로 도서관으로 가겠다고 해서 그러라고 했죠. 3월부터 그렇게 했어요. 도서관 문 닫을 때까지 자유열람실에서 공부하다가 들어와요.

그러게요. 저도 그게 이상하네요. 학교 끝나고 학원에 가는 현상이랑 우리 태양이랑 어떻게 알게 됐을까요? 게다가 같은 반도 아니라면서 말이에요. 건우, 맞다! 건우 엄마가 무슨 얘길 더 하지 않으셨나요? 네? 전화로 이럴 게 아니라 만나서 얘기하자고요? 일단 얘길 들어 보고 만나도 만나야죠. 대체 우리 태양이한테 무슨 일이 생긴 건가요.

네? 돈이요? 건우 엄마 말이 우리 태양이가 돈을 가져올 때까지 현상이가 우리 애를 때리기로 했다고요? 도대체 무슨 얘긴지…… 정말 이게 다 돈 때문이래요? 건우 엄마가 애들끼리 통화하는 걸 분명히 들었다고요? 그럼 우리 태양이가 현상이한테 돈을 빌렸다는 거네요.

근데 진짜 이상하네요. 제가 아침마다 태양이한테 오천 원씩 주거든요. 학교 갈 때 가져가라고 식탁에 매일 오천 원씩 올려놓거든요. 집이랑 학교가 가까워서 버스를 타는 것도 아니고 그 돈이면 하루치 용돈은 충분할 텐데.

현상 엄마! 건우 엄마가 뭘 잘 못 알고 있는 거 아니에요? 우리 태양이가 현상이한테 돈을 빌릴 이유가 없어요. 셋이 친하지도 않고요. 아니, 어쩌다 급해서 돈을 빌렸다고 해도 우리 태양이는 빌린 돈을 안 갚을 애가 아니라고요!

　우리 태양이는요, 진짜 기특한 애예요. 우리 태양이는 그럴 애가 아

니라고요!

7. 현상

~~~~~

엄마들은 진짜 왜 이래?

완전 속았다. 다른 사람도 아니고 책마을 아저씨가 나를 속이다니!

"현상아!"

"태양아!"

"건우야!"

아저씨가 가게 안쪽에 있는 개인 작업실 문을 열자마자 엄마들이 동시에 우리 이름을 부르며 벌떡 일어났다. 그 소리에 태양이 깜짝 놀라며 뒤로 주춤 물러섰지만, 어쩐 일인지 건우는 꿈적도 하지 않았다.

"아저씨!"

나는 홱, 고개를 돌리고는 아저씨를 노려봤다. 아저씨는 엄마들과 우리를 번갈아 바라보며 머리를 긁적거렸다.

"미안. 그게 그러니까…… 네가 너무 걱정돼서…….."

내가 아저씨한테 뭐라고 따져 묻기도 전에 우리 엄마와 태양 엄마가 달려 나와 우리 손목을 움켜쥐더니 작업실 안으로 끌고 들어갔다. 그런데 건우 엄마는 자리에 앉은 채 문가에 서 있는 건우를 물끄러미 바라만 보았다.

"건우야……. 너도 여기 와서 좀 앉아 봐."

건우 엄마는 심하게 건우 눈치를 보며 테이블 맞은편 자리를 가리켰다.

"어휴."

건우는 한숨을 푹 내쉬더니 앞머리를 쓸어 올리며 내 옆자리에 털썩 엉덩이를 내려놨다.

"윤현상, 너 진짜!"

그러고는 주먹으로 테이블을 내리치며 나를 노려봤다.

"나도 진짜 몰랐다고. 건우 너도 아까 아저씨가 보낸 문자 봤잖아!"

나는 너무 억울해서 핸드폰을 꺼내 건우 앞에 들이밀었다.

"이거 봐! '현상이 너, 지금 당장 건우랑 태양이 데리고 책마을로 오지 않으면 내일 아침 날이 밝는 대로 네가 맡긴 '나루토' 전집 다 팔아 버릴 거다. 현상이 네 보물 1호!' 설마 엄마들이 와 있는 줄 알았으면 내가 너희랑 여기 왔겠냐? 아저씨가 '나루토'를 팔아 버린다는데 어떡하냐? '나루토'만 아니었으면 나도 태양이 저 녀석한테 연락하기 싫었다고! 내가 오죽했으면 아저씨가 보낸 문자 메시지까지 너희한테 보내서 이리로 뛰어오라고 했겠냐? 나도 아저씨한테 완전 속았다고!"

"알았다, 알았어. 핸드폰이나 저리 치워!"

건우는 짜증 나 죽겠다는 얼굴로 핸드폰을 밀쳐 냈다. 그러고는 의자 등받이에 몸을 기대고 천장만 노려봤다. 한 마디도 하기 싫다는 거겠지.

건우 옆에 앉은 태양은 고개를 푹 숙인 채 테이블만 내려다봤다. 나는…… 우리 엄마 눈에서 나오는 레이저가 너무너무 강력해서 어쩔 수 없이 아저씨 쪽으로 고개를 돌렸다.

"저, 어머님들! 저랑 약속한 거 잊으시면 안 됩니다! 아이들이 무슨 말을 하더라도 딱 세 단어! 세 단어만 말하기로 하셨죠? 그럼 저는 어머님들만 믿고 이만 물러가겠습니다!"

아저씨는 나와 눈이 마주치자 이렇게 말하고는 재빨리 문을 닫고 사라져 버렸다.

헐. 이럴 수가!

나는 쾅, 하고 닫혀 버린 작업실 문을 올려다보며 입을 다물지 못했다. 그러나 곧 엄마가 나를 잡아먹을 것처럼 내 쪽으로 상체를 들이밀자 급히 입을 다물 수밖에 없었다.

"윤현상! 너 뭐야? 여기 사장님한테 만화책까지 맡기고 돈 빌려

갔다면서? 중학생이 무슨 돈이 그렇게나 많이 필요해? 대체 무슨 일이야, 엉?"

엄마는 아저씨 말에는 전혀 아랑곳하지 않고 성난 사자처럼 포효했다.

어흥, 크르르릉.

엄마의 머리카락이 하늘로 높이 솟구쳐 올라 사자의 갈기처럼 휘날리는 듯했다. 내가 엄청난(?) 성적표를 가져올 때마다 이미 여러 번 봐 왔던 모습이지만 역시 적응이 안 됐다.

우리 엄마가 그럴 때면 진정시킬 수 있는 방법은 하나뿐이다. 학원 선생님이나 과외 선생님한테 전화가 오기만을 기다리는 것. 그 순간엔 아주 잠깐이지만 엄마는 언제 그랬냐는 듯이 "여보세용~." 하고 예쁜 목소리를 내며 사자에서 여우로 둔갑하곤 했다. 내 앞에 있는 사람이 정말 우리 엄마가 맞나. 엄마의 낯선 모습에 진저리를 치고는 했지만, 오늘은 그럴 일 없을 거다. 나는 엄마의 포효가 끝날 때까지 무조건 견뎌야만 하리라 다짐하며 죄인처럼 고개를 푹 숙였다.

쾅쾅쾅!

그 순간 작업실 문이 요란한 소리를 내기 시작했다.

"현상 어머님! 약속하셨잖아요! 세 단어, 세 단어만!"

아저씨가 문을 두드리며 문 밖에서 소리쳤다.

"세 단어? 세 단어가 뭐지?"

내가 고개를 갸웃거리는데 정말 신기한 일이 벌어졌다.

"오케이!"

방금 전까지만 해도 성난 사자처럼 포효하던 엄마가 이렇게 말하며 후유 길게 숨을 내뿜는 것이 아닌가?

"오, 오케이요?"

내가 묻자 엄마는 다시 한번 길게 숨을 내쉬었다.

"그래. 오케이라고, 오케이! 현상이 네가 무슨 말도 안 되는 얘기를 해도 오늘은 이 엄마가 무조건 오케이해 줄 테니까. 왜 그랬는지 어서 말해 봐, 응?"

엄마는 '오케이'라고 말은 했지만 두 눈에서는 여전히 강력한 레이저를 뿜었다. 나는 엄마 눈치를 살피느라 얼른 대답할 수가 없었다.

"그래, 현상아. 엄마가 화내면 아줌마가 막아 줄 테니까 얘기 좀 해 봐. 돈이 왜 필요했니?"

건우 엄마가 달래듯이 내게 말을 건넸다. 태양 엄마도 어서 말해 보라는 듯이 고개를 끄덕였다.

"태양이한테 줄 돈이 필요해서요……."

나는 더 이상 말을 잇지 못하고 건우와 태양을 동시에 쳐다봤다. 건우 눈에서 화르르 붉은 불꽃이 일었다. 태양은 이제는 정말

다 끝났다는 듯이 테이블에 얼굴을 파묻어 버렸다.

"뭐? 우리 태양이한테 돈을 줬다고? 네가 왜?"

태양 엄마가 깜짝 놀라 벌떡 일어섰다.

"태양이 너! 정말 현상이한테 돈 받은 거 있어? 네가 현상이한테 빌려주고 돌려받은 돈이니 뭐니? 이태양! 그리고 있지만 말고 뭐라고 말 좀 해 봐!"

태양 엄마 목소리가 깨진 유리 조각처럼 날카로워지기 시작했다.

쾅쾅쾅!

아저씨가 문 밖에서 또 문을 두드리며 외쳤다.

"태양 어머님, 약속하셨잖아요! 세 단어!"

그러자 건우 엄마가 태양 엄마 팔을 잡아끌었다.

"오케이!"

태양 엄마는 할 말이 많은 듯했지만 어쩔 수 없다는 듯이 '오케이'를 내뱉으며 다시 자리에 앉았다.

책마을 아저씨의 '세 단어'라는 말이 무슨 암호인 듯했다. 아니면 무슨 마법 주문이든가. 아저씨가 쾅쾅쾅 문을 두드리며 "세 단어!"라고 외칠 때마다 마법처럼 정말 엄마들이 조용해졌다.

진짜? 오늘은 정말 무슨 말이든 다 해도 되는 거야?

내가 설마 하는 눈빛으로 건우를 쳐다보자 건우도 어깨를 으쓱거렸다. 테이블에 얼굴을 처박고 있던 태양도 신기한 듯이 엄마들을 쳐다봤다. 나는 에라 모르겠다, 폭탄 터트리듯 참았던 말을 내뱉었다.

"돈을 주면 태양이가 내 게임 무기도 레벨 업 시켜 준다고 했단 말이에요!"

"오, 오케…… 뭐라고? 야, 윤현상, 너, 제정신이야! 사춘기라서 그런 거야, 뭐야!"

엄마가 정말 이해할 수 없다는 눈빛으로 나를 쳐다봤다.

"어휴, 진짜! 사춘기라서 그런 거 아니거든요!"

나는 내친김에 속에 말을 다 쏟아 냈다.

"엄마는 우리 세계를 몰라서 그래요! 내 게임 무기를 레벨 업 시키고 싶었을 뿐이라고요! 어른들도 어른들 세계가 있잖아요. 우리도 우리 세계가 있어요. 우리 세계에서는요, 인정받으려면 세 가지밖에 없어요! 공부를 완전 잘하거나, 싸움을 대박 잘하거나, 게임을 진짜 잘하거나. 공부 잘해서 어른들한테 인정받으면 좋죠. 저도 알아요. 노력은 하고 있다고요. 근데 공부는 하기 힘든데 게임은 일단 재미있단 말이에요. 하다 보면 시간 가는 줄 모르고 빠져들어요. 그리고 게임 잘한다고 소문나면 학교에서 완전 핵인싸가 된다고요! 게임만 잘하면 내가 우리 세계 중심이 될 수 있으니까. 그래서 게임 무기를 레벨 업 하고 싶었단 말이에요. 태양이한테 돈을 주고서라도 그렇게 하고 싶었다고요!"

이렇게 말해 봤자 어차피 엄마는 내 맘 같은 건 절대로 이해할 수 없을 걸 안다. 그래도 한 번 터져 나온 말은 쉽게 멈춰지지 않았다.

엄마는 눈을 휘둥그레 떴다. 깜짝 놀라 말문이 막힌 듯했다.

"태양이, 너 진짜야? 게임해 준다고 현상이한테 돈 받았어? 대체 얼마나 받은 거야?"

이번엔 태양 엄마가 버럭 소리를 질렀다.

"그, 그게 어떻게 된 거냐 하면요……. 현상이가 유치원 때부터 지금까지 모아 둔 세뱃돈이 있다고……. 그래서 처음엔 그걸 받고, 얼마 전에 또 받았는데. 그런데 전 진짜 몰랐어요. 현상이가 마지막에 준 돈이 여기 아저씨한테 만화책을 맡기고 빌린 돈인 줄은 진짜 몰랐다고요."

태양은 당장이라도 땅을 파고 기어 들어갈 것 같은 목소리로 잔뜩 풀이 죽어 대답했다.

"뭐? 너 지금 그걸 말이라고……."

태양 엄마가 끙끙 앓는 소리를 내며 손으로 머리를 짚고 의자 위로 쓰러지듯 앉아 버렸다.

"건우, 너도 태양이한테 돈 줬어? 혹시 할아버지한테 받은 돈 다 준 거 아니야?"

이제까지 아무 소리 않고 지켜만 보던 건우 엄마도 건우를 다

그치기 시작했다. 엄마들은 저마다 붉으락푸르락 인상을 쓰고 있었다.

쾅쾅쾅!

"건우 어머님! 세 단어!"

아저씨가 또 문을 두드렸다. 이번에도 엄마들은 약속이나 한 듯이 입을 다물었다.

"어휴, 진짜! 고작 이놈의 게임 때문에!"

우리 엄마는 급히 말을 멈추고는 왼손으로 뒤통수를 잡으며 의자 등받이에 몸을 기댔다.

"엄마한테는 고작 게임일 뿐이지만 저한테는 아주 중요한 문제라고요. 엄마는 왜 엄마 중요한 것만 얘기하세요? 왜 나한테 중요한 건 한 번도 인정해 주질 않냐고요! 그리고 엄마가 언제 내 얘기를 제대로 들어 준 적 있어요?"

오늘은 어쩐지 감춰 둔 마음까지 전부 말할 수 있을 것 같았다.

"현상아, 그게 무슨 소리니? 너희 엄마가 네 생각을 얼마나 많이 하는데. 아줌마는 회사 일이 바빠서 건우를 잘 챙겨 주지도 못해. 건우는 할머니가 다 키워 주신 거나 다름없어. 너희 엄마처럼 아들 잘 챙겨 주는 엄마가 어디 있다고."

건우 엄마가 나를 꾸짖듯 얘기했다.

"엄마! 그만 좀! 엄마가 현상이네 엄마야? 현상이 맘을 엄마가 어떻게 알아?"

건우가 꽥 소리를 질렀다.

"어머머, 건우 너! 지금 엄마한테 소리를 질러? 아줌마들 앞에서 네가 엄마한테 소리를 지르면 엄마 마음은 어떨 것 같아? 넌 어쩜 현상이 마음은 그렇게 잘 알면서 엄마 마음은 모르니? 얼마 전에도 친척들 앞에서 버르장머리 없이 네 멋대로 문 닫고 들어가 버리더니, 이게 지금 뭐 하는 짓이야? 엉?"

건우 엄마가 참고 참았다는 듯이 건우를 향해 소리쳤다.

"난 이래서 엄마가 싫어. 집에서 있었던 일을 왜 여기서 얘기해? 그게 지금 무슨 상관인데? 엄마는 친척이든 누구든 사람들이 내 얘기했을 때 한 번이라도 내 편 들어준 적 있어? 누가 내 얘기만 시작했다 하면 기다렸다는 듯이 옛날 일까지 끄집어내면서 나를 낱낱이 다 까발리잖아. 엄마가 나보다 어른이면 어른답게 좀 이해해 주고 감싸 주면 안 돼? 할아버지나 할머니한테는 한 마디도 못 하면서 매일 나한테만 뭐라 그래!"

건우는 말이 끝나기도 전에 자기 엄마한테서 홱 고개를 돌려 버렸다. 나와 눈이 마주친 뒤에도 아랫입술을 잘근잘근 씹으며 화를 참으려고 애썼다.

'엄마가 한 번이라도 내 편 들어준 적 있어?'

건우 말이 내 귓가에 맴돌았다. 어렸을 때부터 건우는 자기편인지 아닌지를 무척이나 중요하게 따졌다. 내게도 '현상이 넌 내 편이지?', '현상이 넌 내 베프지?'라는 말을 자주 하곤 했다. 어쩌면 건우는 세상에서 가장 가까운 사이인 엄마조차 자기편으로 느낄 수 없었던 건지도 모른다. 그래서 그렇게 자기편을 갖고 싶어 했는지도.

그래서 내가 네 편인지 그렇게 자주 확인했던 거냐?

그래서 조금 전에 너희 엄마가 날 꾸짖을 때도 내 편을 들어줬던 거냐?

입 밖으로 소리 내어 말하지는 않았지만, 건우는 내가 무슨 생각을 하는지 아는 듯했다. 나와 눈이 마주치자 건우는 테이블 밑에서 내 손을 툭, 쳤다. 자기 마음을 알아주는 사람은 나밖에는 없다는 듯이. 나는 건우 눈빛만 보고도 그걸 알 수 있었다. 건우한테 섭섭했던 마음이 스르르 다 풀려 버렸다. 건우도 나와 같은 마음이겠지.

"아줌마! 건우도 지금 속상해서 그래요. 너무 뭐라 그러지 마세요. 제 세뱃돈이랑 '나루토' 맡기고 책마을 아저씨한테 빌린 돈 다 합쳐도 건우가 태양이한테 준 돈, 반도 안 돼요. 솔직히 태양이한테 화가 나도 저보다 건우가 더 그럴 텐데……."

나도 테이블 밑에서 건우 손을 툭, 쳤다.

"뭐야? 너희? 지금 무슨 사인 주고받는 거야?"

눈치 빠른 우리 엄마가 결정적 단서를 잡으려는 형사처럼 실눈을 뜨고 우리를 노려봤다.

"사인은 무슨 사인. 엄마, 자꾸 이상한 의심 좀 하지 마세요! 지금 제일 속상한 사람은 건우라고요!"

나는 재빨리 말을 돌렸다. 건우 얘기가 나오자 건우 엄마가 한숨을 내쉬었다.

"건우 너 진짜……. 입학식 날 할아버지가 주신 돈, 그래서 엄마한테 맡기라고 했잖아. 그랬으면 이런 일도 없었을 거 아니니? 백만 원이 작은 돈이야?"

건우 엄마 입에서 백만 원이라는 말이 나오자 이번엔 태양 엄마 얼굴이 흙빛으로 변했다.

"네? 백만 원이요? 세상에! 태양아, 너 진짜야? 건우한테 백만 원이나 받았어? 설마 그 돈 다 써 버린 거 아니지?"

태양 엄마는 당장이라도 눈물을 뚝뚝 흘릴 것만 같은 눈으로 태양을 바라봤다. 태양은 입도 뻥긋하지 못했다.

"이태양! 너, 뭐라고 말 좀 해 봐."

태양 엄마 목소리가 작업실 벽에 쩌렁쩌렁 울려 퍼졌다. 작업실 사방에 날카로운 가시가 날아가 박히는 듯했다.

쾅쾅쾅!

"어머님들! 저랑 약속하셨잖아요! 세 단어!"

문 밖에서 아저씨가 다시 세차게 문을 두드렸다.

"태양 엄마, 저도 그 마음 잘 알아요. 근데 이렇게 윽박지른다고 해결될 일도 아니잖아요? 오케이?"

건우 엄마가 태양 엄마 등을 쓸어내렸다.

"태양 엄마! 물 좀 한잔 마셔 봐요. 네?"

우리 엄마가 태양 엄마한테 물 컵을 건넸다.

"오케이. 알았어요, 알았어. 내가 진정을 해야지."

태양 엄마는 벌컥벌컥 물을 단숨에 들이키고는 빈 잔을 테이블 위에 내려놨다.

"그래, 오케이! 노 프라블럼! 파이팅!"

태양 엄마는 숨을 고르고는 말을 이어 갔다.

"태양아, 엄마한테는 학교 끝나고 매일 도서관에 간다고 했잖아. 학원 안 가고도 너 혼자 잘할 수 있다고 그랬니, 안 그랬니? 엄마는 네가 혼자서도 잘하고 있다고 믿었는데, 이게 다 무슨 일이니? 그러니까 도서관에 간 게 아니라 매일 PC방에 갔다는 거잖아? 엄마 진짜 화 안 낼 테니까 속 시원히 말해 봐."

태양 엄마가 테이블 너머로 손을 뻗어 태양의 손을 감싸 쥐었다.

"무슨 말을 해요. 어떻게 말하란 거예요. 아빠랑 엄마는 매일 지쳐서 돌아오는데⋯⋯. 네, 도서관에 며칠 갔었어요. 그런데 혼자 너무 외롭고⋯⋯ 친구들은 다 학원에 가는데."

태양이 울먹거리기 시작했다.

"그럼 말을 하지. 왜 말을 안 했어?"

태양 엄마 눈에 눈물이 고이기 시작했다.

"어떻게 말을 해요! 아빠랑 엄마가 요새 장사 안 된다고 걱정 잔뜩 하는데. 학원 보내 달라고 그 말을 어떻게 해요?"

태양의 말이 끝나기도 전에 태양 엄마 눈에 고여 있던 눈물이 테이블 위로 뚝 떨어져 내렸다.

"그래서 애들한테 돈 받아서 PC방에 간 거야? 도서관에 혼자 있기 싫어서? 그래도 그렇지 그 큰돈을 다 써 버렸어?"

태양 엄마는 눈물이 떨어져 내리는데도 닦을 생각을 하지 않았다. 어느새 태양의 두 손을 꼭 감싸 쥔 채 태양의 얼굴만 들여다봤다. 태양은 한동안 테이블 위에 떨어진 엄마 눈물을 들여다보다가 그간의 일을 천천히 털어놓기 시작했다.

"세상에! 그래도 그렇지. 그럼 애들한테 돈을 받았으면 그 무기라는 걸 약속한 대로 강화시켜 주지 그랬어? 왜 약속까지 안 지켰니? 그러면 안 되는 거 몰랐어?"

태양 엄마가 정말 이해할 수 없다는 듯이 고개를 내저었다.

"몰랐냐고요? 네, 몰랐어요! 아무도 안 가르쳐 줬잖아요! 이거 말고도 다른 애들은 다 아는데 나만 모르는 게 얼마나 많은데……."

태양이 자리를 박차고 일어나 벽 쪽으로 돌아서서 어깨를 들썩

일 정도로 울었다.

"태양아……."

태양 엄마가 낮게 태양이 이름을 불렀다.

"나도 인정받고 싶었다고요! 나도 잘나가는 애들이랑 어울려 놀고 싶었어요. 게임이라도 잘하면 썬 월드에서는 내가 최고니까. 일단 내가 최강이 되고 난 다음에 애들 무기를 강화시켜 주려고 했어요. 건우랑 현상이는 지금 당장 무기 강화를 하지 않아도, 게임 좀 못해도 괜찮으니까. 근데 나는 게임 말고는 애들한테 인정받을 수 있는 게 아무것도 없다고요."

너무너무 미워서 내 돈을 가져올 때까지 매일 두들겨 패 주겠다고 생각했던 태양이, 그렇게 미워했던 이태양이 갑자기 너무 이해가 되기 시작했다.

'게임이라도 잘하면 썬 월드에서는 내가 최고니까. …… 나는 게임 말고는 애들한테 인정받을 수 있는 게 아무것도 없다고요.'

태양의 입에서 나온 말인데 꼭 내 마음속에 있는 말을 들은 것만 같다.

뭐야, 지금? 내가 이태양을 이해하면 안 되는데 왜 이렇게 이해가 잘되는 거지? 이렇게 이태양을 용서하면 난 하루 종일 대체 뭘 하고 다닌 거냐? 지금 용서하면 안 되는 거 아냐?

이태양을 용서하고 싶은 마음과 그렇게 해서는 안 된다는 마음이 싸우고 있는 사이 건우가 태양 옆에 가서 섰다.

"야! 너, 왜 울어? 돈 안 받을게. 울지 마!"

어린애 달래듯 말하며 건우가 태양의 옆구리를 쿡 찔렀다.

"흡흡."

태양이 콧물을 쭉 들이켜더니 고개를 돌려 건우를 쳐다봤다.

"아니야. 내가 정말 미안해. 나, 난 처음부터 이럴 생각은 아니었어. 일단 내 무기부터 최고 레벨로 업그레이드한 다음에 너희 무기도 강화시켜 주려고 했던 거야. 정말 잘못했어. 진짜 미안해."

"이태양! 나도 돈 돌려 달라는 말 취소할게. 매일 때린다는 말도."

내가 옆으로 가서 태양의 어깨를 팔로 감싸 안았다.

그때 엄마들이 우리 쪽으로 한꺼번에 우르르 몰려왔다.

"뭐라고! 건우 너! 할아버지가 입학 선물로 주신 돈을!"

"윤현상! 태양이한테 돈을 안 받는다고? 그럼 네가 어떻게 할 건데!"

"태양아, 어떻게 해서든 친구들 돈은 돌려줘야지!"

쾅쾅쾅!

"어머님들! 저, 문 열고 들어갑니다!"

아저씨가 문을 박차고 작업실로 들어왔다. 안에 있던 우리와 엄마들은 누가 먼저랄 것도 없이 슬금슬금 제자리로 가서 앉았다.

"다 같이 큰 소리로! 오케이! 노 프라블럼! 파이팅!"

"오케이! 노 프라블럼! 파이팅!"

우리 셋은 무슨 뜻인지 알지도 못하면서 엄마들과 함께 아저씨를 따라 외쳤다.

아저씨의 중재 이후 엄마들과 우리는 꽤 오랫동안 대화를 나눴다. 물론 책마을 아저씨는 아까와 마찬가지로 몇 번씩이나 문을 쾅쾅쾅 두드려야 했다. 그럴 때마다 엄마들은 잠깐이지만 "오케이!", "노 프라블럼!", "파이팅!"을 외치며 우리 말에 귀를 기울였다. 그러다가도 우리가 말대답이라도 하면 "뭐라고?", "지금 제정신이야!" 하며 얼굴을 붉히며 소리쳤다. 우리는 질세라 "엄마가 내 맘을 어떻게 알아?" 하며 발끈하기를 되풀이했다. 나는 평일엔 게임을 안 하는 대신 주말엔 하루 종일 게임을 하기로 하고, 건우는 엄마와 일주일에 한 번씩은 무조건 둘만의 대화의 시간을 갖기로 하고, 태양이는 우리 돈을 다 갚을 때까지 책마을 아저씨네 만화방에서 아르바이트를 하기로 약속할 때까지 말이다. 그 뒤로도 엄마들은 우리 셋이 이번 일을 되짚으며 함께 반성문을 써 보기로 합의할 때까지 마법의 세 단어를 무한 반복했다.

"자, 모두 만족한 결과를 얻으셨나요? 그럼 다 같이 오른손을 한 번 높이 들어 보세요!"

건우가 제일 먼저 오른손을 번쩍 들어 올렸다. 건우의 카리스

마는 나이를 초월하는지, 엄마들도 얼른 오른손을 번쩍 들어 올렸다.

"제가 셋까지 세면 모두 같이 마법의 세 단어를 외치는 거예요! 하나, 두울, 셋!"

더 밀어붙였으면 평일에도 게임을 할 수 있었을 텐데, 좀 아쉽기는 하지만 뭐.

나는 누구보다 더 높게 오른손을 들어 올리고 속을 털어놓게 만드는 마법의 세 단어를 크게 외쳤다.

"오케이! 노 프라블럼! 파이팅!"

에필로그

~~~~~~

마법의 세 단어

우리 가게가 갑자기 상담실로 변했다. 현상 어머니는 내가 알려 준 번호로 태양 어머니에게 전화를 걸었고, 두 분은 곧 가게로 달려오셨다. 가게 안쪽에 붙어 있는 내 작업실로 두 어머님을 안내했다. 작업실 문을 열자마자 두 분은 내가 밥을 먹거나 글을 쓸 때 사용하는 테이블에 마주 앉았다.

　'현상이가 태양이를 매일 때리기로 했다. 태양이가 현상이에게 돈을 가져올 때까지.'

　두 어머니 사이에 많은 말들이 오갔지만, 결국 가장 중요한 내용은 두 문장으로 정리됐다. 대체 왜 현상은 태양을 때린다고 했을까? 태양은 정말 현상의 돈을 가져갔을까? 대체 왜?

　태양 어머니는 우리 태양이는 절대 그럴 애가 아니라는 말만 반복했다. 현상 어머니 역시 우리 현상이는 아무 이유 없이 다른 친구를 때릴 애가 아니라는 말만 반복했다. 결론이 나지 않았다. 그러는 사이 다들 눈 빠지게 기다렸던 건우 어머니가 도착했다. 처음 현상 어머니에게 전화를 걸어 어머니들이 상상조차 할 수 없었던 이 사태를 알려 준 사람이 바로 건우 어머니였으니까.

"저도 자세한 건 모르죠."

건우 어머니의 이야기에 모두가 맥이 빠졌다.

비좁은 작업실에 마주 앉은 어머니들은 똑같은 표정으로 서로를 쳐다봤다. 황당한 표정으로 말이다. 어머니들은 이제 나를 쳐다봤다. 어머니들의 눈빛은 "사장님은 정말 아무것도 모르세요?" 이렇게 묻고 있었다.

"저요? 저는 아무것도 모르죠. 제가 아는 거라곤 현상이가 저한테 목숨처럼 아끼는 '나루토' 전집을 맡겼다는 거? 중간고사 전까지는 찾으러 올 테니까 돈을 좀 빌려 달라고 했던 것?"

내 말에 어머니들의 표정은 점점 더 굳어져 갔다.

"우리 현상이가 왜 그랬을까요?"

"애들 사이에 대체 무슨 일이 있었던 걸까요?"

"남자애들 사춘기는 원래 이런 걸까요?"

이야기는 반복되다가 제자리로 돌아갔다. 수많은 물음표가 쌓여 갔고, 결국 아이들의 이야기를 직접 듣지 않고는 답을 얻을 수 없었다.

그러나 아이들이 온다고 해서 제대로 된 대화를 할 수 있을까?

사춘기 남자애들과 엄마들이?

어머니들을 바라보다 나도 모르게 한숨을 내쉬었다.

세 녀석들이 지금 이 자리에 나타난다 해도 어머니들 앞에 앉아 입을 꾹 다물고 있을 게 뻔하다.

어머니들과 세 녀석들이 마주 앉아 있을 모습을 상상하자 과거의 나와 내 부모님 모습이 떠올랐다.

"취직은 하지 않겠어요."

내가 선언하듯 말했을 때 부모님은 화부터 냈다.

내 말은 들으려고도 하지 않았다. 대학을 졸업하자마자 나는 도망치듯 집을 나왔다. 부모님과는 꽤 오랫동안 연락을 하지 않고 지냈다. 이십 대의 어느 날 부모님께 선언했던 것처럼 나는 대학을 졸업한 뒤에도 취직을 하지 않았다. 취직을 하면 글을 못 쓰게 될 것 같았기 때문이다. 친구들이 대학을 졸업하고, 연애를 하고, 취직을 해 아들딸 낳고 사는 모습을 볼 때면 솔직히 부러웠다.

해마다 글을 써서 공모전에 작품을 보내고 있지만 아직까지도 나는 '작가'가 되지 못한 '작가 지망생'이다. 서른을 훌쩍 넘겼지만 나는 아직 그 꼬리표를 떼지 못한 채 만화방을 운영하며 글을 쓰고 있다. 그러나 도망치듯 집을 나왔을 때와는 많은 것이 달라졌다. 지금은 부모님과도 자주 연락을 하고 지낸다. 어머니는 거의 매일 내게 전화를 걸어 안부를 묻고, 일요일마다 밑반찬을 들고 집으로 찾아온다. 냉장고에서 반찬통을 꺼낼 때마다 내게 '파이팅' 을 외치는 어머니의 목소리를 듣는다.

"그래, 오늘도 파이팅이다!"

그 힘으로 나는 글을 쓰는 것이다.

어떻게 이런 일이 가능했을까?

'마법의 세 단어'가 없었다면 과연 나와 내 부모님은 지금 어떻게 지내고 있었을까?

그래, 마법의 세 단어가 있었어!

나는 짝짝, 손바닥을 마주쳤다. 갑작스런 내 행동에 어머니들 모두 나를 쳐다봤다.

"어머님들! 이것만 약속해 주시면 제가 아이들을 불러 모으겠 습니다."

나는 두 눈에 힘을 잔뜩 주며 어머니들을 휘둘러봤다.

"어떤 약속이요?"

태양 어머니가 고개를 갸웃거렸다.

"일단 약속부터 해 주시면 지금 당장 아이들을 이곳으로 부를 게요."

"진짜요? 현상이는 제 전화도 안 받는데요?"

현상 어머니는 의심스럽다는 듯이 나를 쳐다보며 두 눈을 가늘 게 떴다.

"약속만 해 주시면 제가 다 알아서 합니다!"

어머니들은 그제야 고개를 끄덕였다.

"자, 그럼 모두 약속하신 겁니다! 이제부터 어머니들은 아이들이 여기 와서 무슨 말을 하더라도 딱 세 단어로만 말씀하셔야 합니다."

나는 오른손을 들어 손가락 세 개를 추켜세웠다.

"딱 세 단어요?"

어머니들은 합창하듯이 물었다.

"네, 딱 세 단어요. '마법의 세 단어'죠."

"'마법의 세 단어'?"

어머니들 눈이 휘둥그레졌다. '마법'이라는 단어는 서른을 훌쩍 넘긴 성인 남자의 입에서 튀어나오기는 힘든 단어였으니까. 어머니들이 더 큰 혼란에 빠지기 전에 나는 목에 힘을 줬다.

"자, 그럼 한번 따라해 보세요. 오케이!"

"오, 오케이?"

"네, 오케이! 큰 소리로 외쳐 보세요. 오케이!"

"오케이!"

"그다음은 노 프라블럼! 문제없어!"

"노 프라블럼! 문제없어!"

"이제 마지막 단어입니다. 파이팅! 자, 큰 소리로 다 함께 파이팅!"

나는 두 손을 번쩍 들어 올리며 외쳤다.

"파이팅!"

"파이팅!"

내 독촉에 어머니들도 두 팔을 번쩍 들어 올렸다. 난데없는 파이팅 소리가 작업실 안에 쩌렁쩌렁 울려 퍼졌다. 곧이어 아이들이 도착했다.

그리하여 오늘 4월 30일 저녁 10시 30분, 우리 가게, 아니 가게 안에 딸린 내 작업실은 갑자기 한밤의 상담실이 되어 버렸다.

나는 작업실 밖으로 나와 살며시 문을 닫으며 테이블에 마주 앉은 어머니들과 아이들을 가만히 들여다보았다.

몇 년 전 내가 어머니의 다급한 연락을 받고 달려가 아버지와 마주 앉았을 때, 그때 나도 지금 저 녀석들과 똑같은 표정을 하고 있었다. 지금 저 녀석들처럼 나 역시 입을 꾹 다물고 발등만 내려다보고 있었다. 몇 년 만에 만난 아버지가 그런 내게 처음으로 건넨 말은 이거였다.

"넌 대체 무슨 생각으로 사는 거냐?"

아버지 목소리는 정말이지 퉁명스러웠다.

나도 모르게 아버지를 향해 고개를 쳐들었다. 아버지가 더 고집스러워 보였다. 내가 무슨 말을 해도 듣지 않을 것 같았다.

"제가 아버지하고 무슨 말을 하겠어요!"

내 입에서 튀어나온 대답엔 뾰족한 가시들이 돋아나 있었다. 내 목소리 역시 아버지와 똑같이 퉁명스러웠다. 그때 아버지 옆에 앉아 있던 어머니가 아버지 발등을 꾹 밟았다. 그 순간 아버지의 입에서 뜻밖의 단어가 튀어나왔다.

"오, 오케이!"

오케이? 오케이라고? 지금 내 귀가 잘못된 걸까?

아버지의 입에서 튀어나온 단어는 너무 낯설어 내가 알고 있는 단어가 아닌 것만 같았다. 혹시 아버지는 '오케이'라는 단어의 뜻을 잘못 알고 있는 건 아닐까? 나는 실눈을 뜨고 아버지 얼굴을 빤히 들여다봤다. 흠흠, 아버지는 헛기침을 하더니 다시 한번 읊조렸다.

"오케이!"

"네 아버지가 오케이라잖니. 좋다잖니. 너 하고 싶은 말, 오늘 다 해 보라니까."

옆에 앉아 있던 어머니가 오른쪽 눈을 찡긋거렸다. 이게 다 무슨 일인가 싶었다. 오케이는 뭐고 윙크는 또 뭐람. 아버지와 어머니의 모습은 낯설었다. 어이가 없을 만큼.

그래서였을까. 나는 천천히 입을 열었다. 왜 작가가 되고 싶은지, 작가가 되어 어떤 글을 쓰고 싶은지 처음으로 말할 수 있었다. 처음으로 내 꿈에 대해 끝까지 말할 수 있었다. 처음으로 아버지가 내 말을 끝까지 들어 주었으니까. 물론 내 입에서 아버지 생각과 전혀 다른 말이 튀어나올 때는 붉으락푸르락 화난 얼굴로 "너이 녀석!" 하며 내 말을 자르기도 했지만 말이다.

그럴 때마다 어머니는 윗니로 아랫입술을 꼭 깨물며 아버지의 발등을 밟았다. 그러면 아버지는 얼굴을 붉히다 말고 "오, 오케이!"를 외치는 것이었다. 그 덕분에 나는 처음으로 아버지 앞에서 내가 하고 싶었던 말을 전부 끝까지 털어놓을 수 있었다.

아무것도 묻지 않고, 야단치지 않고, 화내지 않고, 내 말을 들어 주기만 하는 아버지의 모습은 낯설었다.

'넌 대체 누구 닮아서 그 모양이냐?', '어떻게 이런 것도 모를 수가 있냐?', '너 해 달라는 대로 다 해 줬는데 대체 뭐가 부족해서 이래?', '진짜 공부 안 할 거야?', '정말 커서 뭐가 되려고 그러니?' 등등. 아버지에게서 수없이 들어왔던 말, 언제부터인가는 상처도 되지 않을 만큼 익숙해진 말 대신 아버지는 고개를 끄덕거려 주었다. 그러면서 '오케이'라는 말만 되풀이했다. 어느 순간 아버지가 "오케이!"를 외칠 때마다 나는 내 안의 말을 꺼내고 있었다.

'오케이'라는 그 말이 내게는 마치 "그래, 네 말도 일리가 있다."라는 소리로 들렸기 때문이다. 한 번도 내 말을 끝까지 들어 준 적 없는 아버지, 상장을 받아 와도 칭찬 한 번 제대로 해 준 적 없는 아버지, 늘 못마땅한 표정으로 나를 혼내던 아버지의 모습은 서서히 지워져 갔다.

그래서였을까? 어느덧 내 안의 벽이 서서히 허물어지기 시작했다. 아버지의 '오케이' 소리에 급기야 나는 꺼이꺼이 목 놓아 울고 있었다.

"아버지, 제가 진짜 작가가 될 수 있을까요?"

이렇게 하소연까지 하면서 말이다. 그랬더니 정말 신기한 일이 벌어졌다.

"노 프라블럼! 문제없어!"

아버지의 입에서 이런 말이 나왔다. 문제없다니? 대학을 졸업하고 매일 글을 써 왔지만 아직 이렇다 할 작품 하나 세상에 내놓지 못했는데. 과연 작가가 될 수 있는 걸까, 나도 불안하기만 한데 문제없다니?

나는 깜짝 놀라 아버지를 쳐다봤다. 아버지는 앞에 놓인 물 잔을 내 손에 쥐어 주었다. 쭉 들이키라며 빙그레 웃었다. 아버지가, 아버지가 웃고 있었다.

그 순간 어머니가 오른손을 번쩍 들어 올렸다.

"자, 이제 파이팅만 하면 끝난다고요. 잘했어요, 내 남편!"

어머니는 대견하다는 듯이 아버지를 바라봤다. 아버지의 얼굴은 마치 달리기에서 일등상을 받아 온 아이처럼 상기돼 있었다.

"자, 너도 빨리 오른손 들어!"

아버지에 이어 나도 번쩍 오른손을 들어 올렸다. 그렇게 우리 셋은 함께 파이팅을 외쳤다.

지금 생각해도 그날의 파이팅은 그 어떤 음악 소리보다 아름다웠다. 물론 아버지가 쓰러졌다며 나를 거기까지 단숨에 달려가게 만든 어머니의 거짓말은 지금 생각해도 얄궂지만 말이다.

어머니 말로는 그 전날 어머니가 자주 다니는 도서관에서 '마법의 세 단어'라는 말을 들었는데, 그걸 아버지한테 꼭 한 번 시켜 보고 싶었다나 뭐라나. 대체 누가 도서관에까지 와서 그런 걸 알려 줬냐고 물었더니, 《사춘기라서 그래?》라는 책을 쓴 작가가 가르쳐 줬단다. 그 작가 말이, 사춘기든 갱년기든 꽉 막힌 노년이든 도통 대화하기 힘든 사람이랑 말할 때는 상대방 말을 듣기만 하다가 '마법의 세 단어'인 '오케이', '노 프라블럼! 문제없어!', '파이팅!'을 외치면 마법처럼 대화가 풀린다는 것이었다. 어머니는 속는 셈치고 한번 해 봐야겠다고 결심했는데, 신기하게도 이렇게 아버지와 내가 대화를 하게 됐다며 기뻐했다.

나는 살짝 열려 있는 문틈으로 내 작업실에 마주 앉아 있는 어머니들과 세 녀석을 바라봤다. 나도 모르게 입가에 미소가 번졌다. 어머니들은 아이들이 입을 열 때마다 인상을 쓰면서도 '마법의 세 단어'를 되풀이했다. 세 녀석은 어머니들의 뜻밖의 모습에 당황해하면서도 그날의 나처럼 제 안의 말들을 천천히 꺼내 놓기 시작했다.

나는 가만히 작업실 문을 닫았다. 간이 의자를 가져와 작업실 문 앞에 자리를 잡고 앉았다. 먼지떨이를 무릎 위에 내려놓고는 문 너머 어머니들의 입에서 '마법의 세 단어'가 아닌 다른 말들이 튀어나오면 먼지떨이로 문을 쾅쾅쾅 두드렸다. 그러면 문 안쪽에서 숨을 고르며 "오케이!"라는 말이 들려왔다. 그날 아버지의 발등을 한 번씩 꽉꽉 밟을 때마다 어머니도 이런 기분이었을까?

벽에 걸린 시계가 어느새 자정을 넘어 새로운 하루를 시작하고 있었는데도, 나는 언제까지고 기다려 줄 수 있을 것만 같았다. 현상이 왜 태양을 때린다고 했는지, 태양이 왜 현상의 돈을 가져갔는지, 건우는 또 왜 그렇게 현상에게 화가 났는지, 대체 사춘기 남자애들이 무슨 생각으로 이런 일들을 벌였는지 나는 잘 모른다. 어머니들과 아들 녀석들이 앞으로 얼마나 더 이야기를 해야 해결책을 찾을 수 있을지도 알 수 없다. 그렇지만 저 문 너머에서 마지막 "파이팅!"이라는 단어가 들려올 때까지 몇 시간이고 기다릴 수 있을 것 같았다.

어머니들과 세 녀석이 문을 열고 나오면 나도 함께 파이팅을 외치고 싶다. 물론 현상이 나랑 손뼉을 마주치며 파이팅을 외쳐 줄지는 잘 모르겠지만 말이다. 왜냐고? 그야 나도 내 어머니가 그랬던 것처럼 현상에게 사소한 거짓말을 했으니까. 현상의 보물 1호인 '나루토' 전집을 팔아 버리겠다고 협박 아닌 협박을 하긴 했으니까.

뭐, 그래도 모두 파이팅을 외치며 문을 열고 나온다면, 나의 사소한 거짓말쯤은 현상이도 용서해 주지 않을까?

작가의 말

　안녕하세요, 소설가 이명랑입니다. 저는 열네 살 사춘기에 '문학'을 만나게 되었고, '문학' 외에는 다른 어떤 것도 생각할 수 없게 되었어요. 완전히 '문학'에 사로잡혀 버린 거죠. 시, 소설, 만화책 등 저는 닥치는 대로 책을 읽었어요.

　"넌 대체 공부는 언제 할 거니?"

　엄마 아빠는 맨날 저에게 잔소리를 했어요. 그럴 때마다 정말 화가 났어요.

　'부모님 눈엔 내가 지금 노는 걸로 보인단 말이야? 난 지금 '문학 공부'를 하는 중인데? 엄마 아빠는 진짜 아무것도 모르면서!'

　내 맘을 전혀 모르는 엄마 아빠하고는 말도 하고 싶지 않았답니다. 저는 책을 읽으려고 도서관에서 살다시피 했어요. 악착같이 용돈을 모아 좋아하는 책을 샀을 땐, 정말 세상을 다 가진 거 같았죠. 이 세상에 나보다 행복한 사람은 없었어요.

　부모님은 그런 저를 보며 고개를 갸웃거렸어요.

　"초등학교 때는 그렇게 공부만 하던 애가 왜 저렇게 됐지? 사춘기라서 그런 거 아니야?"

　사춘기! 사춘기! 사춘기!

어른들은 '사춘기' 때문에 제가 변했다고 생각했어요. 제가 '문학'에 빠져 버린 것조차 사춘기 탓이라니요? 어른들이 사춘기 탓을 할 때마다 저는 크게 소리치고 싶었죠.

"사춘기라서 그런 거 아니거든요!"

그런데 어른이 되고, 부모가 되고 보니 열네 살의 저를 잊었지 뭐예요. 이 작품을 쓰면서 주변 사람들을 향해 열네 살 저처럼 외치고 싶은 친구들이 많다는 걸 알게 됐어요. 맞아, 나도 열네 살 땐 지금 친구들이랑 똑같았지.

특히 사춘기에 접어든 우리 남자 친구들은 열네 살 제가 '문학'에 빠졌던 것처럼 '게임'에 빠진 경우가 많죠? 밥 먹을 때도, 수업 시간에도, 길을 걸을 때도, 친구들과 어울려 놀 때조차 '게임' 생각을 하잖아요. 저에게 그랬듯 어른들은 게임에 매료된 친구들에게 "네 머릿속엔 게임밖에 안 들어 있을 거야."라고 잔소리할 거예요. 하지만 어른들도 홀린 듯 어떤 대상에 매료되었던 사춘기 시절을 잊은 게 분명해요. 사춘기라서 그런 게 아니라 사춘기니까 그럴 수도 있다는 사실을 잘 알고 있으면서 말이에요. 그래서 여러분은 부모님과 이런 대화를 반복하나 봐요. "넌 도무지 내 말은 들으려 하지 않아.", "엄마 아빠는 내 마음을 이해하지 못해." 결국은 모두 굳게 입을 다물어 버리죠. 우리 친구들은 또래와 공유할 수 있는 세계를 확장해 나가고, 더

욱 그 세계에 매료되어 버립니다.

　이 작품은 '게임'에 매료된 사춘기 남자 친구들과 그 엄마들의 치열한 갈등을 다룬 이야기예요. 틀림없이 많은 친구들이 '이거 내 이야기잖아!' 하면서 고개를 끄덕거릴 거예요. 게임밖에 모르는 아들을 둔 엄마들도 마찬가지일 테고요. 그래서 우리 남자 친구들과 엄마들은 작품 속 주인공들이 '게임' 때문에 벌어진 난관을 어떻게 헤쳐 나갈지 무척 궁금해할 거라고 생각해요. 또 '마법의 세 단어'에 관해서도요. '마법의 세 단어'가 정말 마법 같은 일을 벌어지게 할지는 오로지 친구들과 엄마들의 몫이랍니다. 그게 정말이냐고요? 궁금하면 빨리 '마법의 세 단어'로 대화를 시작해 보자고요! 오케이?

2020년 7월
이명랑